हिन्द पॉकेट बुक्स

महाभारत की कहानियाँ

महाभारत हिन्दुओं का एक प्रमुख काव्य ग्रंथ है, जो स्मृति के इतिहास वर्ग में आता है। कभी-कभी इसे केवल 'भारत' कहा जाता है। यह काव्यग्रंथ भारत का अनुपम, धार्मिक, पौराणिक, ऐतिहासिक और दार्शनिक ग्रंथ हैं। विश्व का सबसे लंबा यह साहित्यिक ग्रंथ और महाकाव्य, हिन्दू धर्म के मुख्यतम ग्रंथों में से एक है। महाभारत के पात्र नीति, धर्म और मर्यादा के बंधन से बंधे हुए हैं, इसलिए इसके पात्रों की कहानियाँ रोचक होने के साथ-साथ अत्यंत शिक्षाप्रद भी हैं। इन कहानियों को छोटों और किशोरों के लिए सजाया-संवारा गया है, ताकि इन्हें पढ़कर उनमें उनके जैसा बनने, ऊँचा उठने और दुनिया में बड़ा नाम कमाने की प्रेरणा जगा सकें।

ये प्रेरक कहानियाँ बहुत ही आसान भाषा में हैं और इन्हें रोचक ढंग से लिखा गया है, ताकि इन्हें याद करने में भी आसानी होगी। इसके साथ ही इसमें आकर्षक चित्र भी दिए गए हैं और साथ ही है आपकी परीक्षा के लिए एक प्रश्नोत्तरी, इसे हल कीजिए और अपने ज्ञान की परीक्षा आप स्वयं कीजिए।

लेखक की अन्य पुस्तकें

- हमारे राष्ट्रीय खेल
- हमारा राष्ट्रीय पुष्प कमल
- हमारा राष्ट्रीय पक्षी मोर
- हमारा राष्ट्रीय गीत
- हमारी राष्ट्रीय संस्कृति वैदिक
- हमारा राष्ट्रीय फल आम
- हमारा राष्ट्रीय चिह्न अशोक चक्र
- हमारा राष्ट्रीय वृक्ष बरगद
- हमारी राष्ट्रीय जलचर डॉल्फिन
- हमारी राष्ट्रीय नदी गंगा
- हमारा राष्ट्रीय ग्रंथ गीता
- हमारे राष्ट्रीय पर्व और दिवस
- हमारे राष्ट्रीय स्मारक
- हमारा राष्ट्रीय ध्वज तिरंगा
- हमारे राष्ट्रीय विरासत स्थल
- हमारी राजभाषा हिन्दी
- हमारे नेशनल पार्क
- लोकप्रिय बाल गीत
- हमारे देशभक्ति गीत
- हमारे राष्ट्रीय गीत
- शहीदों के अमर गीत
- पुराणों की कहानियाँ
- रामायण की कहानियाँ
- बेताल पचीसी, दो भागों में
- महापुरुषों का बचपन
- महाराणा प्रताप
- बहादुर बेटी मलाला

महाभारत की कहानियाँ

तेजपाल सिंह धामा

हिन्द पॉकेट बुक्स
पेंगुइन रैंडम हाउस इम्प्रिंट

हिन्द पॉकेट बुक्स

यूएसए | कनाडा | यूके | आयरलैंड | ऑस्ट्रेलिया | सिंगापुर
न्यू ज़ीलैंड | भारत | दक्षिण अफ्रीका | चीन

हिन्द पॉकेट बुक्स, पेंगुइन रैंडम हाउस ग्रुप ऑफ़ कम्पनीज़ का हिस्सा है,
जिसका पता global.penguinrandomhouse.com पर मिलेगा

पेंगुइन रैंडम हाउस इंडिया प्रा. लि.,
चौथी मंजिल, कैपिटल टावर -1, एम जी रोड,
गुड़गांव 122 002, हरियाणा, भारत

पेंगुइन
रैंडम हाउस
इंडिया

प्रथम हिन्दी संस्करण हिन्द पॉकेट बुक्स द्वारा 2014 में प्रकाशित
यह हिन्दी संस्करण हिन्द पॉकेट बुक्स में पेंगुइन रैंडम हाउस द्वारा 2022 में प्रकाशित

10 9 8 7 6 5 4 3 2

ISBN 9789353491314

मुद्रकः रेप्रो इंडिया लिमिटेड

www.penguin.co.in

FSC www.fsc.org MIX Paper from responsible sources FSC® C047271

This is a legitimate digitally printed version of the book and therefore might not
have certain extra finishing on the cover.

क्रम

गणेश और महर्षि वेद व्यास

वेदों के सुप्रसिद्ध संयोजक महर्षि वेद व्यास जी के मन में एक दिन यह विचार आया कि महाभारत की कथा से विश्व को परिचित कराया जाय। उन्होंने अपने विचार को मूलरूप देने के लिए ब्रह्मा जी से निवेदन किया, "प्रभु, मेरे मन में एक बहुत ही सुन्दर रचना का उदय हुआ है, लेकिन मुझे कोई ऐसा व्यक्ति नहीं दिखाई दे रहा, जिसे मैं बोलता रहूँ और वह उसे लिखता रहे।"

ब्रह्मा जी ने कहा, "मुनिवर, आप गणेश जी की मदद ले सकते हैं। उनका आवाहन करें और उन्हें अपनी इच्छा बता दें।"

ब्रह्मा की सलाह मानकर व्यास जी ने गणेश जी का आवाहन किया। उनके आने पर व्यास जी ने उनसे कहा, "महामहिम गणेश जी, मैं आपको महाभारत की कथा बोलता रहूँगा आपसे निवेदन है कि आप प्रसन्नतापूर्वक उसे सुनकर लिखने की स्वीकृति दें।"

गणेश जी ने उत्तर दिया, "मुझे स्वीकार है। आप जैसा चाहते हैं, मैं वैसा ही करूँगा। लेकिन शर्त है कि मेरी लेखनी रुकने का नाम नहीं लेगी। इसलिए आपको बिना झिझके और बिना रुके वह कथा बोलनी होगी। अगर आपको यह शर्त मंजूर है, तो कहें, मैं इसी शर्त पर महाभारत लिखूँगा।"

व्यास जी तैयार तो हो गये, परन्तु उन्होंने भी अपनी रक्षा के लिए एक शर्त रख दी, "मुझे आपकी शर्त मंजूर है, लेकिन जो कुछ मैं बोलता जाऊँगा, पहले आप उसका भली-भाँति अर्थ समझेंगे, फिर लिखेंगे।"

गणेश जी मुस्कुराये और उन्होंने व्यास जी की शर्त मान ली। महाभारत का लेखन प्रारम्भ हुआ। व्यास जी ने बोलना शुरू किया और गणेश जी ने

लिखना। व्यास जी अगला वाक्य सोच भी नहीं पाते थे कि गणेश जी लिख लेते थे। ऐसी दशा में व्यास जी ने नीति से काम लिया। बीच-बीच से वे काफी कठिन और उलझन-भरे शब्द बोलने लगे। शर्त के अनुसार गणेश जी जितनी देर में उन शब्दों का अर्थ समझते, व्यास जी आगे की रचना सोच लेते। इसी प्रकार व्यास जी ने सम्पूर्ण कथा बोली और गणेश जी ने महाभारत की उस कथा को लिखा।

गंगा और शान्तनु की प्रेम कहानी

एक बार महाराजा शान्तनु वन-विहार के लिए निकले। नदी के किनारे टहलते-टहलते उन्होंने देखा कि एक अद्भुत सुंदरी उनके सामने आ खड़ी हुई है। यह सुन्दरी और कोई नहीं थी, साक्षात् गंगादेवी मानवी रूप धारण कर उनके सामने खड़ी थी। महाराज ने उसके प्रेम में आसक्त होते हुए उससे कहा, "आप चाहे कोई भी हों, मेरी पत्नी बनना स्वीकार करें।"

गंगा ने कहा, "राजन्! मैं आपकी पत्नी बनने को तैयार हूँ। लेकिन मेरी कुछ शर्तें हैं। आप या अन्य कोई भी, कभी भी मुझसे न तो यह पूछेगा कि मैं कौन हूँ और कहाँ से आई हूँ। न ही आप कभी मेरे किसी काम में बाधा डालेंगे, चाहे वह काम अच्छा हो, या बुरा। आप कभी भी मेरे प्रति कटुता का व्यवहार नहीं करेंगे। आप कभी कोई ऐसी बात भी नहीं कहेंगे, जो मेरा दिल दुखानेवाली हो। अगर आप इन शर्तों को तोड़ेंगे, तो मैं तुरन्त ही आपको छोड़कर चली जाऊँगी। कहिए, क्या आप सहमत हैं?"

राजा ने विवश होकर उसकी बातें मान ली और उसे अपने साथ राजमहल में ले आया। वह राजरानी बनकर शान्तनु के साथ रहने लगी। अपने व्यवहार और प्रेम से गंगा ने राजा का मन मोह लिया। हँसी-खुशी से दिन गुजरने लगे। यथासमय गंगा ने प्रथम सन्तान को जन्म दिया। जन्म के साथ ही बच्चे को गंगा नदी में बहाकर वह प्रसन्नचित होकर राजा के पास आ गई। राजा उसके इस व्यवहार से भीतर-ही-भीतर क्षुब्ध थे, परन्तु शर्तों की याद करके मौन धारण कर चुपचाप सब सहन करते रहे। गंगा ने इसी तरह एक-के-बाद-एक सात पुत्रों को जन्म दिया और नदी में बहा दिया। सात सन्तानों की हत्या कर चुकने के बाद जब गंगा ने आठवें बच्चे को जन्म दिया और उसे भी गंगा में बहाने के लिए चली तो राजा से न रहा गया। वे चीख पड़े, "ठहरो अपने भोले-भाले

शिशुओं की नृशंस और अप्राकृतिक हत्या क्यों करती हो?" यह कहकर शान्तनु गंगा का रास्ता रोककर खड़े हो गए।

गंगा ने तुरन्त ही उत्तर देते हुए कहा, "ओ महान् नरेश! मुझे लगता है, तुम अपना वचन भूल गए। तुम्हें मेरी शर्तें याद नहीं रही। तुम्हारा मोह तुम्हारी सन्तान में जाग उठा है, और इस तरह अब तुम्हें मेरी आवश्यकता नहीं है। अब मैं यहाँ से चली जाऊँगी। मैं इस बच्चे की हत्या नहीं करूँगी। लेकिन राजन्! मेरे बारे में अपनी कोई भी राय बनाने से पहले मेरी कहानी सुनो।"

गंगा ने कहना जारी रखा, "मैं देहधारी वह देवी गंगा हूँ, जिसकी स्तुति देवता और मनुष्य करते आये हैं, जिसका जल प्राणि मात्र का उद्धार करता है। सन्तान हत्या के मेरे इस घृणित कार्य के पीछे मुनि वशिष्ठ का अभिशाप कार्य कर रहा है। हुआ यह कि एक बार आठों वसुदेवता अपनी पत्नियों सहित विचरण करते हुए महर्षि वशिष्ठ के आश्रम में पहुँचे। वहाँ उन्होंने नन्दिनी नामक गाय को बछड़े सहित देखा। वसुपत्नियाँ गाय और बछड़ें पर मुग्ध हो गई। मुनि अपनी तपस्या मे लीन थे। प्रभास नामक वसु ने अपनी पत्नी के कहने में आकर दूसरे वसुओं की सहायता से नन्दिनी गाय का बछड़े सहित अपहरण कर लिया। वशिष्ठ जी को जब इस बात का पता चला, तो उन्होंने वसुओं को अभिशाप दिया कि देवता होकर भी तुमने मुनष्यों के समान आचरण किया है, इसलिए मैं तुम्हें शाप देता हूँ कि तुम मर्त्यलोक में जाकर मनुष्य रूप में जन्म लोगे। मुनि के शाप से पीड़ित आठों वसु मेरे पास आए और हठ करने लगे कि पृथ्वी पर मैं ही उनकी माता बनूँ और जन्म के साथ-साथ उन्हें गंगा में बहा दिया करूँ, जिससे उन्हें मर्त्य-लोक से शीघ्र छुटकारा मिले। हे राजन्! आपकी पत्नी बनकर मैंने उन्हीं आठ वसुओं को जन्म दिया था। उनमें से सात तो तत्काल मुक्ति पा गए, पर यह आठवाँ पुत्र मुक्ति नहीं पा सका। यह आठवाँ पुत्र प्रभास नामक वसु है। मैं इसे अपने साथ ले जाऊँगी। समय आने पर यह आपको मेरे द्वारा दिए गए उपहार के रूप में प्राप्त होगा।" गंगा इतना कहकर बच्चे सहित अन्तर्धान हो गई।

भीष्म प्रतिज्ञा

एक दिन महाराजा शान्तनु गंगा के किनारे घूम रहे थे कि उन्होंने एक रूपवान बालक को देवेन्द्र के रूप में देखा। यह वीर बालक गंगा की जलधारा पर तीरों की वर्षा कर था। फलस्वरूप जलधारा रूक गई थी। महाराज शान्तनु इस महान् तथा आश्चर्यजनक दृश्य को देखकर ठगे-से रह गए। वे आगे बढ़कर उस बालक से उसका परिचय पूछने ही जा रहे थे कि तभी दशों दिशाएँ अपूर्व प्रकाश से जगमगा उठीं। स्वर्य गंगा शान्तनु के सामने थीं। उन्होंने मन्द मुसकान के साथ कहा, "राजन्! यह आपका ही आठवाँ पुत्र है। इसे मैंने अभी तक अपने पास ही रखा। इसका नाम देवव्रत है। यह शस्त्रास्त्रों की कला में भगवान् परशुराम की भाँति ही निपुण है। इसने महर्षि वशिष्ठ से वेद तथा वेदान्त की शिक्षा प्राप्त की है। शुक्राचार्य की भाँति ही यह भी सब कलाओं और विज्ञानों में दक्ष है। आप इस बालक को अपने साथ ले जाइए। यह महारथी और महानायक तो है ही राज्य शासन में भी कुशल है।"

गंगा ने पुत्र को आशीर्वाद दिया और उसे पिता को सौंपकर अन्तर्धान हो गई। महाराज शान्तनु उसे अपनी राजधानी ले आए और प्रसन्नता के साथ उसे युवराज के पद पर अभिषिक्त कर दिया।

चार वर्ष बाद एक दिन शान्तनु यमुना नदी के किनारे घूम रहे थे। सहसा उन्हें एक बहुत ही मधुर सुगन्ध का आभास हुआ। वे उसके बारे में अपना कौतूहल शान्त करने जा ही रहे थे कि उन्होंने एक सुन्दरी को देखा, जो देखने में साक्षात् देवी जान पड़ती थी। यह एक मछुए की कन्या थी, जिसका नाम सत्यवती था। महर्षि पराशर ने उसे सदा युवती बने रहने और उसके शरीर से अनुपम सुगन्ध फूटते रहने का वरदान दिया था। सत्यवती को देखते ही राजा शान्तनु काम-मुग्ध हो उठे। मोहित हुए राजा ने उस सुंदरी से कहा, "सुन्दरी,

मैं राजा शान्तनु हूँ। मैं चाहता हूँ कि तुम मेरी रानी बनो। तुम अपना परिचय दो और बताओ कि क्या तुम्हें मेरा प्रस्ताव स्वीकार है?"

सत्यवती ने उत्तर दिया, "मैं तो एक मछुआरे की कन्या हूँ। मेरे पिता केवटराज से ही आप इस बारे में बातचीत करें।"

राजा ने मुग्धभाव से केवटराज की ओर देखा। केवटराज ने राजा से कहा, "राजन्, इसमें शक नहीं है कि इस लड़की का विवाह भी अन्य लड़कियों की भाँति जरूर होगा, लेकिन इसे पाने से पहले तुम्हें मेरी शर्त माननी होगी।"

राजा ने स्वीकृतिसूचक सिर हिलाया। केवटराज ने कहा, "वह शर्त यह है कि इस लड़की से जो पुत्र होगा वही तुम्हारे बाद राज्याधिकारी होगा।"

शान्तनु यद्यपि कामान्ध हो रहे थे, किन्तु देवता तुल्य देवव्रत का ध्यान करके वे कोई शर्त नहीं मान सके और दुःखी मन से राजधानी लौट आए। अपनी राजधानी हस्तिनापुर लौटकर शान्तनु राजकाज में मन नहीं लगा सके। वे अपनी मनोकामना पूरी करने के लिए बेचैन और उदास रहने लगे। अपनी उदासी का कारण उन्होंने किसी पर प्रकट नहीं किया। देवव्रत को जब पिता की उदासी का कारण पता चला, तो वह सीधा केवटराज के पास गया और उसने उससे कहा, "केवटराज! आप अपनी पुत्री सत्यवती का विवाह महाराज शान्तनु से कर दें। मैं राजसिंहासन नहीं चाहता, उसे छोड़ता हूँ। मैं वचन देता हूँ कि आपकी पुत्री का बेटा ही राजगद्दी पर बैठेगा।"

केवटराज ने कहा, "आपके बचन का मैं विश्वास कर भी लूँ, तब भी आपकी सन्तान की ओर से कैसे निश्चिन्त हो सकता हूँ? यदि आपका पुत्र मेरी पुत्री की सन्तान से युद्ध करके राज्य छीन लेगा, तो कोई क्या कर सकेगा?"

देवव्रत ने देखा कि केवटराज के वाक्य में दम है। उन्होंने कहा, "केवटराज! आप उससे भयभीत न हों। मैं प्रतिज्ञा करता हूँ कि मैं विवाह ही नहीं करूँगा। आजनम ब्रह्मचारी रहूँगा। न विवाह होगा और न सन्तान ही होगी।" देवव्रत की इस भीषण प्रतिज्ञा से केवटराज ने सत्यवती का विवाह राजा शान्तनु के साथ कर दिया।

कलह का बीज

सत्यवती से शान्तनु के दो पुत्र हुए थे चित्रांगद और विचित्रवीर्य। बड़ा होने पर चित्रांगद सिंहासन पर बैठा, परन्तु वह अधिक समय राज नहीं कर पाया। गंधर्वों से युद्ध करते हुए वह मारा गया। चित्रांगद निस्संतान था और विचित्रवीर्य आयु में बहुत छोटा था, अतः उसके बड़े होने तक भीष्म ने ही राजकाज की देखभाल की। जब विचित्रवीर्य बड़ा हुआ, तो भीष्म को उसके विवाह की चिन्ता हुई, तभी उन्हें पता चला कि काशिराज ने अपनी पुत्रियों के स्वयंवर की तैयारी की है। क्षत्रियों की परम्परा के अनुसार राजकुमारियों को अपने पति चुनने थे। भीष्म उस स्वयंवर में जा पहुँचे। वहाँ कोसल, बंग, पुंड़, कलिंग आदि राज्यों के राजा पधारे थे। काशिराज की तीन कन्याएँ थीं अम्बा, अम्बिका और अम्बालिका। तीनों अपनी सुंदरता के लिए विख्यात थीं। इनमें से अम्बा सौभदेव के राजा शाल्व पर पहले से ही मुग्ध थी। राजा भी उसे चाहता था। वह भी स्वयंवर में आया। उसे विश्वास था कि अम्बा उसके गले में ही वरमाला डालेगी। भीष्म को स्वयंवर में आया देख पहले तो सबने यही सोचा कि चूँकि भीष्म बहुत कुशल शस्त्र संचालक हैं, अतः स्वयंवर में वीरों की वीरता ही देखने आए हैं, किन्तु जब उन्हें पता चला कि ये तो कन्याओं के लिए आए हैं, तो उनके आश्चर्य का ठिकाना न रहा। वे नहीं जानते थे कि भीष्म अपने भाई विचित्रवीर्य के लिए राजकुमारी की तलाश में आए हैं। सब लोग उनका मजाक उड़ाने लगे। राजकुमारियों ने भी जब वयोवृद्ध भीष्म को देखा, तो वे भी व्यंग्य से मुसकुरा दीं। जनसमूह के बीच अपनी हँसी उड़ते देख भीष्म को यह सहन नहीं हुआ। उन्होंने तीनों राजकुमारियों को अपने घेरे में लेकर गर्जना की, ''मैं इन तीनों

का अपहरण कर रहा हूँ। अगर किसी को इसमें कोई आपत्ति हो तो वह मेरे साथ युद्ध करे।"

राजकुमारियों को हरकर ले जाने की इच्छा से आए हुए राजाओं में रोद्र छा गया। वे सभी भीष्म पर टूट पड़े, परन्तु भीष्म ने सभी को हरा दिया और तीनों राजकुमारियों को बलपूर्वक अपने रथ पर बिठाकर भाग चले। अम्बा को प्राणों से अधिक प्यार करने वाला राजा शाल्व यह सहन नहीं कर सका। उसने भीष्म का पीछा किया। भीष्म ने उसे बुरी तरह घायल किया। यदि राजकुमारियाँ उसके प्राणों की भिक्षा न माँगतीं, तो वे उसके प्राण ले लेते।

राजा शाल्व अपना-सा मुँह लेकर सौभदेश को लौट गया और भीष्म अम्बा, अम्बिका तथा अम्बालिका को लेकर हस्तिनापुर चले आए। हस्तिनापुर आने पर अम्बा ने भीष्म को बताया कि वह तो राजा शाल्व को मन से अपना पति मान चुकी है, और राजा भी उसे अपनी रानी बनाने को तैयार हैं। भीष्म ने अम्बा को छोड़कर शेष दोनों बहिनों का विचित्रवीर्य से विवाह कर दिया। विवाह समारोह सम्पन्न हो जाने पर भीष्म ने अम्बा की इच्छा से उसे अपने रक्षकों के साथ राजा शाल्व के पास भेज दिया, किन्तु राजा शाल्व ने अम्बा को ग्रहण करने से इंकार करते हुए उससे कहा कि तुम बलपूर्वक हरण करके ले जाई गई हो, अतः मैं तुम्हें स्वीकार नहीं कर सकता। मेरे दरवाजे तुम्हारे लिए बन्द हो चुके हैं। तुम भीष्म के पास ही जाओ।

अम्बा पुनः हस्तिनापुर आई और भीष्म से अपनी व्यथा कथा कह सुनाई। भीष्म ने विचित्रवीर्य से आग्रह किया कि वह अम्बा से विवाह कर ले। किन्तु उसने कहा, "जो कन्या एक बार मन से दूसरे की हो चुकी है, मैं उसे नहीं अपना सकता।"

भीष्म ने कहा, "मैं तो सारी उम्र अविवाहित रहने की शपथ ले चुका हूँ।"

अम्बा ने क्षुब्ध होकर भीष्म से प्रश्न किया, 'क्या उस शपथ में कुमारी कन्याओं के अपहरण की छूट थी?"

भीष्म इस प्रश्न का क्या उत्तर देते। वे मौन खड़े रहे। हारकर अम्बा राजा शाल्व के पास गई। शाल्व ने उसे पुनः भीष्म के पास भेजा। इसी तरह पूरे छह

साल तक अम्बा राजा शाल्व और भीष्म के दरवाजे खटखटाती रही, परन्तु किसी ने भी उसे स्वीकार नहीं किया। अन्त में अम्बा का नारीत्व जाग उठा। उसने प्रण किया, "मुझ पर इस भयानक विपत्ति का पहाड़ भीष्म के कारण ही टूटा है, अतः मैं प्रतिज्ञा करती हूँ कि मैं भीष्म का विनाश करके रहूँगी।"

और कालांतर में पुनर्जन्म के बाद अम्बा ही भीष्म की मौत का कारण बनी, क्योंकि युद्धभूमि में उसके आगे आ जाने के कारण भीष्म में शस्त्र रख दिए थे, वह स्त्री पर शस्त्र नहीं चला सकते थे और अवसर पाकर अर्जुन ने निहत्थे भीष्म को वाणों से वेध डाला था। परिणामस्वरूप पितामह भीष्म वाणों की शर शैया पर जा पड़े और इसके लिए अम्बा का प्रतिशोध ही जिम्मेदार था, क्योंकि उनके आगे आते ही भीष्म ने अस्त्र-शस्त्र त्याग दिए थे।

गुरुभक्त एकलव्य

महाभारत के समय की बात है। भीलों का एक राज्य था। वहाँ के मुखिया का नाम था निषादराज। निषादराज का एक बेटा था, एकलव्य। एकलव्य बड़ा होनहार लड़का था। बचपन से उसे धनुष चलाने का शौक था। जैसे-जैसे एकलव्य बड़ा होता गया, उसके मन में धनुर्विद्या सीखने की इच्छा और प्रबल होती गई। उन दिनों गुरु द्रोण पांडवों और कौरवों को धनुर्विद्या सिखा रहे थे। गुरु द्रोण की ख्याति चारों ओर फैली हुई थी। उनके जैसा धनुर्धर कोई नहीं था। एकलव्य ने भी गुरु द्रोण से धनुर्विद्या सीखने का निश्चय किया। अतः इसी उद्देश्य से वह एक दिन गुरु द्रोणाचार्य के पास गया और विनती की, "गुरुदेव मैं अस्त्र शस्त्र का ज्ञान पाने का अभिलाषी हूँ।"

"आपका नाम क्या है?" गुरु ने पूछ ही लिया था।

"एकलव्य!" उसने बताया था।

"आपका कुल और गौत्र?" दूसरा प्रश्न था।

"मैं एक भील बालक हूँ गुरुदेव!"

इतने सुनते ही द्रोणाचार्य क्रोधित हो उठे थे, "बालक हम तुम्हें अस्त्र-शस्त्र की शिक्षा नहीं दे सकते, क्योंकि ऐसी शिक्षा तो केवल क्षत्रियों को ही प्राप्त करने का अधिकार है।"

"लेकिन वेद शास्त्रों में ऐसा कहीं नहीं लिखा?"

"हमें वेदों का ज्ञान देता है, चल भाग जा यहाँ से।" इस प्रकार द्रोणाचार्य ने उसे भगा दिया। लेकिन उस बालक ने हार नहीं मानी और वह तो मन ही मन द्रोणाचार्य को ही अपना गुरु मान चुका था। इसलिए उसने जंगल में गुरु द्रोणाचार्य की मूर्ति बनाई और उसकी पूजा करके उसके सामने धनुष-वाण का अभ्यास करने लगा और अपनी शस्त्र कला में पारंगत होता चला गया।

उधर गुरु द्रोणाचार्य को कौरव और पांडव को शिक्षा-दीक्षा देने के लिए नियुक्त किया गया था।

एक दिन समस्त कौरव और पांडव आचार्य द्रोण की आज्ञा से रथों पर सवार होकर शिकार खेलने गए। इस कार्य के लिए आवश्यक सामग्री लेकर कोई मनुष्य स्वेच्छा से अकेला ही पांडवों के पीछे-पीछे चला। उस व्यक्ति के साथ एक कुत्ता भी था। वन में जाकर सब लोग इधर-उधर विचरने लगे। उस व्यक्ति का कुत्ता उससे अलग होकर उस स्थान पर पहुँच गया, जहाँ एकलव्य था।

एकलव्य के शरीर का रंग काला था। उसके अंगों पर मैल जम गया था और उसने काला मृगचर्म पहन रखा था। उसकी जटाएँ बढ़ी हुई थीं। एकलव्य

को इस रूप में देखकर वह कुत्ता भौं-भौं करता हुआ उसके पास खड़ा हो गया। कुत्ते को चुप होता न देख एकलव्य ने एक साथ सात बाण उस कुत्ते के मुख को लक्ष्य करके चलाए। इस तरह कुत्ते की हत्या भी न हुई और उसका भौंकना भी बन्द हो गया। कुत्ता उसी प्रकार पांडवों के पास भाग गया। कुत्ते को इस अवस्था में देखकर पांडव बड़े हैरान हुए।

अर्जुन को लगा कि एकलव्य उसका प्रतिद्वंद्वी है। उसने अपने मन की पीड़ा द्रोण से कह दी। द्रोणाचार्य एकलव्य के पास आए और उससे पूछा, "तुमने धनुष-वाण चलाने का ज्ञान किस गुरु से लिया है?"

"मैंने तो यह ज्ञान आपकी कृपा से ही प्राप्त किया है गुरुदेव।" फिर एकलव्य ने उन्हें बताया, "मैंने आपको ही अपना गुरु मान लिया था और आपकी मूर्ति के समक्ष अभ्यास करते हुए मुझे धनुष-वाण चलाने में पारंगतता प्राप्त हो गई गुरुवर।"

"ओह! तो आप मेरे ही शिष्य हैं," गुरु द्रोण ने कुछ सोचकर फिर कहा, "तो क्या मुझे गुरु दक्षिणा नहीं दोगे।"

"कहिए गुरुदेव गुरु दक्षिणा में क्या लेंगे।"

और फिर द्रोणाचार्य ने एकलव्य से गुरु दक्षिणा में उसके दाहिने हाथ का अंगूठा माँग लिया। एकलव्य ने हँसते-हँसते अपना अंगूठा काटकर द्रोणाचार्य के चरणों पर रख दिया। गुरु द्रोणाचार्य अत्यंत प्रसन्न हुए और फिर उन्होंने संकेत में ही बताया कि तर्जनी और मध्यमा के संयोग से बाण पकड़कर किस प्रकार धनुष की डोरी खींचनी चाहिए, फिर वे प्रसन्नचित लौट आए।

द्रोण और द्रुपद

पाँच हजार साल पहले आज की तरह स्कूल नहीं हुआ करते थे। सभी विद्यार्थी ऋषियों के गुरुकुल में पढ़ने जाया करते थे। इन गुरुकुलों में सभी को रहना पड़ता था, यहाँ सब बच्चे, चाहे वह राजकुमार हो या निर्धन ब्राह्मण पुत्र, सभी को एक अवस्था में रखा जाता था, जिससे राजकुमारों को भी आम लोगों की कठिनाइयों का पता चल सके।

ऐसे ही ऋषि अग्नि के गुरुकुल में पांचाल देश के राजकुमार द्रुपद और एक ब्राह्मण पुत्र द्रोण एक साथ पढ़ा करते थे। दोनों में अच्छी दोस्ती थी। अक्सर द्रुपद जो काम नहीं कर पाते थे, उनका काम द्रोण पूरा कर दिया करता था। द्रुपद हमेशा द्रोण से कहा करते थे कि वह जब राजा बनेंगे, तब द्रोण का हमेशा ध्यान रखेंगे।

अपनी शिक्षा पूरी करके द्रुपद पांचाल के राजा बन गये, पर द्रोण के दिन बड़ी गरीबी से कटने लगे। एक दिन तंग आकर द्रोण की पत्नी ने द्रोण को द्रुपद की कही बात याद दिलाई और द्रुपद से मदद माँगने को कहा।

द्रोण से भी अपनी पत्नी और पुत्र के दुःख देखे नहीं जाते थे, इसलिए उन्होंने द्रुपद के पास जाने का फैसला किया। जब द्रोण राजा द्रुपद की राजसभा में पहुँचे तो उन्हें बड़ी निराशा हुई, क्योंकि द्रुपद ने द्रोण को पहचानने से साफ इंकार कर दिया और कह दिया, "मित्रता तो बराबर वालों में होती है, मैं राजा, आप एक निर्धन ब्राह्मण, हम दोनों में कैसी मित्रता?"

राजा की बात सुन द्रोण गुस्से से तिलमिला उठे और उन्होंने इस अपमान का बदला लेने की ठान ली। वापस आकर उन्होंने राजा धृतराष्ट्र के यहाँ कौरवों और पांडवों को शस्त्र विद्या सिखाना शुरू किया और जब पांडवों की शिक्षा पूरी हो गई, तब अर्जुन से गुरु दक्षिणा में द्रुपद को बंदी बनाकर लाने

को कहा। अर्जुन ने युद्ध में द्रुपद को आसानी से पराजित कर बंदी बना लिया।

जब द्रुपद को बंदी बनाकर गुरु द्रोण के सामने लाया गया, तो गुरु द्रोण ने द्रुपद का आधा राज्य अपने पास रख लिया और आधा उसे वापस करते हुए कहा, "आपने कहा था कि मित्रता बराबर वालों में होती है। इसलिए मैंने आपका आधा राज्य रख लिया है और मैंने हमेशा तुम्हें अपना मित्र समझा है, इसलिए आधा राज्य तुम्हें वापस देकर तुम्हें आजाद करता हूँ। अब हम दोनों बराबर हो गए।"

गुरु द्रोण को द्रुपद के राज्य की न तो जरूरत थी और न ही इच्छा। उन्होंने तो द्रुपद को सबक सिखाने के लिए ऐसा किया था। कुछ दिनों बाद द्रोण ने द्रुपद का राज्य उसे वापस कर दिया। कालांतर में द्रोण के शिष्य अर्जुन ने ही द्रुपद की पुत्री द्रोपदी से विवाह किया और द्रोपदी के चीरहरण की घटना के बाद ही महाभारत युद्ध की नींव पड़ी, जिसका नुकसान भारत आज तक भुगत रहा है। यदि द्रोपदी का चीर हरण न हुआ होता तो महाभारत का युद्ध कदाापि न होता।

चिड़िया की आँख

एक दिन गुरु द्रोण ने अपने शिष्यों के अस्त्रज्ञान की परीक्षा लेने का विचार किया। उन्होंने कारीगरों से एक नकली चिड़िया बनवाकर वृक्ष की एक डाली पर रखवा दिया। राजकुमारों को इस बात का ज्ञान नहीं था। द्रोण उन्हें लेकर मैदान में आए और चिड़िया को दिखाते हुए बोले कि तुम लोग इस चिड़िया को बींधने के लिए शीघ्र ही धनुष लेकर उस पर बाण चढ़ाकर खड़े हो जाओ। मैं एक-एक को आज्ञा दूँगा, जो इस चिड़िया का मस्तक काट गिराएगा, वही विजयी घोषित होगा।

द्रोणाचार्य ने युधिष्ठिर से आरंभ करके एक-एक वीर को बुलाया और चिड़िया दिखाकर पूछा कि बताओ तुम्हें क्या-क्या दिखाई दे रहा है? सभी पांडवों तथा कौरवों ने एक ही उत्तर दिया, "गुरुदेव! हमें आप, यह वृक्ष, यह चिड़िया और सभी उपस्थित भाई आदि दिखाई दे रहे हैं।"

द्रोण ने खिन्न होकर सभी को झिड़क दिया। अन्त में अर्जुन को बुलाकर पूछा तो उसने ध्यान एकाग्र करने के बाद कहा, "गुरुदेव! मुझे चिड़िया के मस्तक के सिवाय कुछ भी नहीं दिखाई दे रहा।"

द्रोण ने प्रसन्न होकर बाण चलाने की आज्ञा दी। आज्ञा पाकर अर्जुन ने बाण छोड़ दिया। चिड़िया का मस्तक कटकर भूमि पर आ गिरा। इस सफलता के लिए द्रोणचार्य ने अर्जुन को गले से लगा लिया।

इस आरंभिक प्रदर्शन के बाद एक घटना और घट गई। एक दिन द्रोणाचार्य अपने शिष्यों के साथ गंगास्नान के लिए गए। वहाँ जल में गोता लगाते समय ग्राह ने द्रोणाचार्य को पकड़ लिया। अपनी रक्षा करने में समर्थ होते हुए भी द्रोण ने शोर मचाना शुरू किया, "मेरी रक्षा करो मेरी रक्षा करो!" सभी शिष्य हक्के-बक्के-से खड़े देखते रहे, पर किसी का साहस न हुआ कि ग्राह

से द्रोण को छुड़ा ले। अर्जुन ने सत्परता दिखाई और धनुष पर पाँच तीखे बाण चढ़ाकर ग्राह के टुकड़े-टुकड़े कर दिए और द्रोणाचार्य को बचा लिया। द्रोण ने प्रसन्न होकर अर्जुन को ब्रह्मशिर नामक शस्त्र प्रदान किया और उसके प्रयोग के साथ उपसंहार की विधि भी बताई।

ईर्ष्यालु दुर्योधन

एक बार हस्तिनापुर के राजमहल में बहस हो रही थी कि महाराज धृतराष्ट्र के बाद राजगद्दी पर कौन बैठेगा? भीष्म पितामह, गुरु द्रोण और महामंत्री विदुर का कहना था कि बड़े होने के नाते राजगद्दी युधिष्ठिर को मिलनी चाहिए। पर धृतराष्ट्र अपने बड़े बेटे दुर्योधन को राजगद्दी सौंपना चाहते थे। धृतराष्ट्र का साथ दे रहे थे दुर्योधन के मामा शकुनि।

जब दुर्योधन को यह बात पता चली कि राजा उसे नहीं बल्कि युधिष्ठिर को बनाया जा रहा है, तो वह गुस्से से पागल हो गया। दुर्योधन ने मामा शकुनि के साथ मिलकर सभी पांडवों को खत्म करने की एक युक्ति सोची। हस्तिनापुर के पास ही एक शहर था वारणावत। वारणावत में एक विशाल प्रदर्शनी का आयोजन हो रहा था। दुर्योधन और मामा शकुनि ने पाँचों पांडवों को वहाँ भेजने का प्रस्ताव सभी के सामने रखा। युधिष्ठिर ने भी सोचा कि जनता के हाल जानने का यह एक अच्छा अवसर है। वह वारणावत जाने को तैयार हो गया। वारणावत पहुँचने में काफी समय लगता था। उन दिनों आज की तरह रेलगाड़ियाँ और हवाई जहाज तो होते नहीं थे। यात्री सभी जगह घोड़ों पर या रथ पर सवार होकर जाते थे। लंबी दूरी तय करते वक्त रथ शाम को किसी गाँव के पास रोक दिए जाते थे, ताकि घोड़े भी विश्राम कर लें और दूसरे दिन सुबह फिर से यात्रा शुरू कर देते थे।

दुर्योधन और मामा शकुनि ने पांडवों के विश्राम के लिए एक आलीशान लाख घर यानी कि लाक्षागृह बनवाया था। उनकी योजना थी कि जब पांडव लाक्षागृह में विश्राम करेंगे, तब वह लाक्षागृह को आग लगा देंगे। सभी पांडव आग में जल कर मर जाएँगे और लोगों को यह बताया जाएगा कि एक दुर्घटना में पांडवों की मौत हो गई। इस तरह दुर्योधन हमेशा की तरह पांडवों को अपने

रास्ते से हटा देना चाहता था। महामंत्री विदुर को गुप्तचरों ने दुर्योधन की इस चाल की खबर दे दी। महामंत्री ने भी बड़ी सफाई से अपने आदमी भिजवाकर पांडवों को वहाँ से निकालने के लिए एक सुरंग पहले से ही तैयार करवा ली। निश्चित दिन पांडव अपनी माँ कुन्ती के साथ वारणावत जाने को निकल पड़े। और योजना अनुसार शाम को दुर्योधन के बनवाए गए लाक्षागृह में विश्राम करने के लिए रुके। रात को दुर्योधन के सेवकों ने लाक्षागृह में आग लगा दी। महामंत्री विदुर पहले ही पांडवों को सारी जानकारी दे चुके थे। इसलिए पांडव आग लगने से पहले ही अपनी माता के साथ सुरंग मार्ग से भाग गए।

जब लाक्षागृह में आग लगी उस समय वहाँ पाँच सेवक सो रहे थे। वह पाँचों आग में जलकर मर गए। दूसरे दिन आग लगने की खबर हस्तिनापुर पहुँची और सभी ने यही समझा कि पांडव अपनी माता कुन्ती के साथ आग में जल कर भस्म हो गए।

परन्तु पाँचों पांडव अपनी माँ के साथ वहाँ से भाग कर जंगल में चले गए थे। उधर गांधारी के पास सैकड़ों महिलाएँ शोक जताने आने लगी, लेकिन गांधारी को विश्वास था कि पांडव जीवित ही होंगे।

मायावी सरोवर

द्वैतवन में जब पांडव अपना वनवास काट रहे थे, उसी वन में एक ब्राह्मण कुटी बनाकर रहता था। उसके साथ शमी की दो लकड़िया थी। शमी की लकड़ियों को आपस में रगड़ने से चिंगारी प्रकट होती है। ब्राह्मण रोज इन लकड़ियों से यज्ञ की अग्नि जलाता था। यज्ञ आदि करने के बाद ब्राह्मण उन लकड़ियों को पास के पेड़ पर टांग दिया करता था।

एक दिन हिरन चरते-चरते कुटी के पास आ गया। और संयोग से शमी की लकड़ियाँ हिरन के सींगों से उलझ गयीं। ब्राह्मण ने जब हिरन के सींगों में अपनी शमी की लकड़ियाँ देखीं तो वह उन्हें निकालने के लिए पास गया, पर हिरन डर कर दूर भाग खड़ा हुआ। ब्राह्मण ने बड़ी कोशिश की, पर हिरन उसके हाथ नहीं आया। हार कर ब्राह्मण पास ही रुके हुए पांडव के पास मदद माँगने गया। पाँचों पांडव भाई उस ब्राह्मण को द्रौपदी के पास छोड़ हिरन की खोज में निकल पड़े।

जंगल में हिरन का पीछा करते-करते पांडव थक गए। सभी को बहुत प्यास लग रही थी। तब युधिष्ठिर ने अपने छोटे भाई को सबके लिए पानी लाने भेजा। पास ही एक सरोवर था, नकुल वहाँ से पानी लाने चला गया। सरोवर पर पहुँच जैसे ही वह पानी लेने लगा, उसे एक आवाज आई, "ठहरो! यह मेरा सरोवर है, पहले मेरे प्रश्नों का उत्तर दो, फिर तुम इस सरोवर से पानी ले सकोगे।"

नकुल ने चारों तरफ देखा, उसे वहाँ कोई दिखाई नहीं दिया, वह झुक कर पानी पीने लगा और पानी पीते ही निष्प्राण हो जमीन पर गिर गया।

जब नकुल बड़ी देर तक वापस नहीं आया, तब युधिष्ठिर ने सहदेव को भेजा। सहदेव को भी वही आवाज सुनाई दी और नकुल की तरह सहदेव भी

पानी पीते ही निष्प्राण होकर गिर गया। इसी तरह अपने छोटे भाइयों को खोजने आये अर्जुन और भीम भी पानी पीते ही गिर गए।

थककर आखिर में युधिष्ठिर स्वयं सरोवर पर आए। सरोवर पर अपने भाइयों को निष्प्राण देख कर युधिष्ठिर हैरान रह गया। जब युधिष्ठिर पानी पीने लगा तो उसे भी वही आवाज सुनाई दी, ''मैं इस सरोवर का स्वामी हूँ, अगर तुमने मेरे प्रश्नों का उत्तर दिए बगैर पानी पिया तो तुम भी अपने भाइयों की तरह मारे जाओगे।''

आवाज सुनकर युधिष्ठिर तुरंत खड़े हो गए। और उन्होंने कहा, ''मेरे भाइयों को मारनेवाला कोई साधारण पुरुष नहीं हो सकता। आप हो कौन पहले मुझे बताओ?''

तभी वहाँ एक यक्ष प्रकट हुआ और यक्ष ने कहा यह उसी की आवाज थी। और फिर यक्ष ने युधिष्ठिर से प्रश्न पूछने शुरू कर दिए, ''संसार का सबसे बड़ा आश्चर्य क्या है?''

युधिष्ठिर ने कहा, ''हम प्रतिदिन किसी न किसी को मरते देखते हैं, फिर भी मनुष्य जीवित रहना चाहता है। इससे बड़ा कोई आश्चर्य नहीं।''

यक्ष ने दूसरा प्रश्न किया, ''कोई ब्राह्मण कैसे बनता है, जन्म से या कर्म से?''

युधिष्ठिर ने कहा, ''सिर्फ कर्म से ही मनुष्य ब्राह्मण बनता है।''

यक्ष ने अपना अगला प्रश्न पूछा, ''मनुष्य धनी कैसे होता है?''

युधिष्ठिर ने कहा, ''महाराज अपने लोभ को त्याग कर मनुष्य धनी बनता है।''

यक्ष ने अगला प्रश्न पूछा, ''मनुष्य सुखी कैसे होता है?''

युधिष्ठिर बोले, ''मनुष्य अपनी इच्छाओं को त्याग कर ही सुखी होता है।''

अपने प्रश्नों के सही उत्तर सुनकर यक्ष बहुत खुश हुए और यक्ष ने युधिष्ठिर से कहा, ''मैं तुम्हारा एक भाई तुम्हें वापस करता हूँ, तुम जिसे चाहो,

उसे मैं पुनः जीवित कर देता हूँ।"

युधिष्ठिर ने कहा, "तो फिर नकुल को जीवित कर दें।"

इस बात पर यक्ष बड़े हैरान हुए उन्होंने फिर युधिष्ठिर से पूछा, "नकुल क्यों? वन में तो शक्तिशाली भीम या अर्जुन तुम्हारे ज्यादा काम आयेंगे। और फिर नकुल तो तुम्हारा सौतेला भाई है।"

इस पर युधिष्ठिर बोले, "मेरी दो माएँ थीं। अपनी माँ कुन्ती का एक पुत्र मैं जीवित हूँ, इसलिए छोटी माँ माद्री के एक पुत्र को जीवित कर दीजिए, नहीं तो लोग कहेंगे युधिष्ठिर ने पक्षपात किया।"

युधिष्ठिर के उत्तरों से खुश होकर यक्ष ने राजा के सारे भाइयों को जीवित कर दिया और युधिष्ठिर को बताया कि वह स्वयं धर्मराज हैं, वही उसकी परीक्षा लेने हिरन बन कर आए थे। जाते हुए धर्मराज ने पाँचों भाइयों को आशीर्वाद दिया कि वह हमेशा ऐसे ही धर्म का आचरण करने वाले रहेंगे।

भीम और हनुमान

जुए में अपना राज्य हार कर पांडव जंगल में वनवास काट रहे थे। जंगल में पांडवों ने अपनी एक कुटिया बना ली थी। प्रतिदिन एक भाई कुटिया पर द्रौपदी की रक्षा के लिए रह जाता था और अन्य चार वन में जाकर खाने के लिए कंदमूल, फल इत्यादि लेकर आते थे।

एक दिन द्रौपदी की रक्षा के लिये कुटिया पर भीम था। द्रौपदी कुटि के बाहर बैठ कर अपना काम कर रही थी। इतने में हवा के झौंके के साथ एक सुन्दर सा फूल द्रौपदी की गोद में आ गिरा। फूल की सुगंध भी बहुत अच्छी थी। द्रौपदी को फूल इतना अच्छा लगा कि उसने भीम से वन में जाकर वही फूल लाने के लिए कहा।

भीम भी पांचाली की इच्छा पूरी करने जंगल में फूल की तलाश में निकल पड़ा। जंगल का रास्ता एक जगह जरा संकरा था। भीम ने देखा उस रास्ते पर एक बंदर उसका रास्ता रोके बैठा था। पहले तो भीम ने डरा-धमका कर बंदर को वहाँ से भगाना चाहा, पर बंदर पर इसका कुछ असर नहीं हुआ और वह वहाँ से टस से मस नहीं हुआ।

बंदर को रास्ते से न हटता देख भीम ने बंदर को हटने को कहा। इस पर बंदर ने भीम से कहा कि आगे देवताओं की जमीन है, इसलिए कोई मानव वहाँ नहीं जा सकता। फिर भी वह अगर जाना चाहे तो उसे लाँघ कर जाए या उसे उठाकर कहीं और रख दे। वह बहुत बूढ़ा और कमजोर हो गया है, इसलिए उठ नहीं सकता।

बंदर की बात सुन भीम को क्रोध आ गया। उसने सोचा छोटा सा बंदर है, अभी इसकी पूंछ पकड़ कर इसको उठा देता हूँ। भीम ने झुक कर बंदर की पूंछ पकड़ ली और उसे उठाने की कोशिश की। उठना तो दूर भीम से बंदर

की पूंछ तक न हिलाई गई। भीम ने अपनी सारी ताकत लगा दी, पर बंदर को अपनी जगह से नहीं हिला पाया। थक कर आखिर भीम ने बंदर से कहा, "तुम कोई मामूली बंदर नहीं हो सकते, तुम कौन हो अपना परिचय दो।"

हनुमान जी ही बंदर के रूप में वहाँ बैठे थे। वह तुरन्त अपने असली रूप में आ गए और उन्होंने भीम को बताया कि पवन पुत्र होने के नाते वह भीम के भाई हैं।

हनुमान जी ने भीम से कहा कि कभी अपनी शक्ति पर अभिमान नहीं करना चाहिए और किसी को भी अपने से छोटा और कमजोर नहीं समझना चाहिए।

भीम अपने भाई से मिलकर बहुत खुश हुए और उन्हें साथ चलने को कहा। हनुमान जी ने हमेशा उनकी सहायता करने का आश्वासन दिया। आगे चलकर महाभारत युद्ध के समय स्वयं हनुमान जी अर्जुन के रथ पर बैठ कर युद्ध में शामिल हुए।

द्रोपदी का विवाह

राजा द्रुपद के मन में सदा यही इच्छा रहती थी कि वह द्रौपदी का विवाह अर्जुन के साथ ही करे। परन्तु वे अपने मन की बात किसी पर प्रकट नहीं करते थे। उन दिनों कुंती पुत्र वन में अज्ञातवास का जीवन जी रहे थे। वे अपना राजपाट सब हार गए थे और उन्हें वनवास और अज्ञातवास का जीवन जीने का दंड मिला हुआ था। यदि अज्ञातवास में वे पहचान लिए जाते तो उन्हें फिर से वनवास भोगना पड़ता। राजा द्रुपद ने कुन्ती पुत्र को खोज निकालने की इच्छा से एक ऐसा मजबूत घनुष बनवाया, जिसे कोई दूसरा झुका भी न सके। राजा ने एक कृत्रिम आकाश-यन्त्र भी बनवाया जो तेजी के साथ आकाश में घूमता रहता था। उस यंत्र के छिद्र के ऊपर उसी के बराबर का लक्ष्य जो एक मछली थी, उसे तैयार कराकर रख दिया। उसके नीचे खोलता हुआ तेल का कड़ाह था, जिसमें परछाई देखकर लक्ष्य को निशाना बनाना था। इसके बाद द्रुपद ने यह घोषणा करा दी कि जो वीर इस धनुष पर प्रत्यंचा चढ़ाकर इन प्रस्तुत बाणों द्वारा नीचे तेल में देखते हुए ऊपर यंत्र के छेद के भीतर से मछली की आँख का लक्ष्यवेध करेगा, वही मेरी पुत्री को प्राप्त कर सकेगा।

निश्चित समय पर उत्सव हुआ। उत्सव में उपस्थित राजा लोग क्रमशः अपना पराक्रम दिखाने लगे। लक्ष्यभेद तो क्या होना था, किसी से प्रत्यंचा तक नहीं चढ़ी। कर्ण, दुर्योधन आदि असफल होकर लज्जित हुए। इससे सभी में उपस्थित कृष्ण और बलराम प्रसन्न हुए।

अर्जुन भी अपने भाइयों के साथ इस समारोह में ब्राह्मण का वेश बनाकर आया हुआ था। सो अन्त में अर्जुन उठे और धनुष के पास जाकर पहले तो उसकी परिक्रमा की, फिर मस्तक झुकाकर शंकर को प्रणाम किया। मन-ही-मन श्रीकृष्ण का चिन्तन करते हुए धनुष को उठा लिया। शीघ्रता से उस पर प्रत्यंचा

चढ़ाई और पाँच-बाण हाथ में ले लिए। फिर सबके देखते-ही-देखते बाण चलाकर लक्ष्यवेध कर डाला। वह बिंधा हुआ लक्ष्य मछली अत्यन्त छिन्न-भिन्न ही यंत्र के छेद से सहसा पृथ्वी पर गिर पड़ा। सभामंडप कोलाहल और जय-जयकार से गूँज उठा। द्रौपदी आगे बढ़ी और उसने अर्जुन के गले में जयमाला डाल दी।

अर्जुन द्रौपदी को लेकर रंगभूमि से बाहर निकले, तो राजाओं में हाहाकार मच गया। अर्जुन तो ब्राह्मण के वेश में थे, अतः क्षत्रिय राजा इस पर आपत्ति उठाने लगे। वे द्रुपद को मारने के लिए तैयार होकर फटकारने लगे। उनका कहना था या तो द्रौपदी किसी क्षत्रिय का चुनाव करे अथवा सती हो जाए। सभी क्षत्रिय राजा मिलकर द्रुपद को मारने के लिए दौड़े, तो अर्जुन और भीमसेन इसे सहन नहीं कर सके। वे उनका सामना करने के लिए डट गए। उसे देखकर बलराज जी चिंतित हुए कि ये ब्राह्मण क्षत्रियों का मुकाबले नहीं कर पाएँगे। इस पर श्रीकृष्ण ने उन्हें धीरे से समझाया कि ये ब्राह्मण के वेष में पांडव ही

हैं, चिन्ता की कोई बात नहीं है। अर्जुन और भीमसेन ने अपने पराक्रम से कर्ण, शल्य आदि को परास्त कर दिया और द्रौपदी को लेकर अपने डेरे पर आ गए। कृष्ण और बलराम के अतिरिक्त कोई भी पांडवों की वास्तविकता को नहीं जान सका।

उधर कुन्ती अपने बेटों की चिन्ता में परेशान हो रही थी। उसे आशंका हो रही थी कि या तो कौरवों ने उन्हें पहचान लिया और मार डाला अथवा वे राक्षसों द्वारा मार डाले गए। तभी भीम और अर्जुन पहले घर में घुसे और कुन्ती से बोले, ''माँ, हम भिक्षा लाए हैं।''

बिना कुछ देखे-भाले ही भीतर बैठी कुन्ती ने अत्यन्त प्रसन्न होकर कहा, ''बेटा, जो कुछ भी तुम लोग लाए हो, उसे मिलकर पाओ।'' बाद में जब कुन्ती ने द्रौपदी को देखा तो उसे अपनी बात पर बड़ी ग्लानि हुई। पाँचों पांडव परस्पर विचार-विमर्श करके द्रौपदी से विवाह करने की सोचने लगे। उसी समय श्रीकृष्ण और बलराम भी उधर आ पहुँचे। स्वागत सत्कार आदि के पश्चात् दोनों ने धीरे से यह भाव प्रकट किया गया कि हमने आपको रंगमंडप में ही पहचान लिया था। श्रीकृष्ण-बलराम दोनों ही वहाँ से शीघ्र लौट आए। धृष्टद्युम्न गुप्त रूप से अर्जुन, भीम और द्रोपदी के पीछे-पीछे आया था। पूरा समाचार लेकर वह राजा द्रुपद के पास लौट गया। धृष्टद्युम्न यह जानकर कि वे ब्राह्मण नहीं पांडव हैं और अर्जुन ने ही लक्ष्य बेध कर द्रौपदी को पत्नी बनाया है, द्रुपद बहुत प्रसन्न हुए। उन्होंने अपने पुरोहित को पांडवों के पास भेजा। पांडव अपनी माता कुन्ती और द्रौपदी सहित द्रुपद के यहाँ गए। राजा ने उनका बहुत-बहुत सम्मान सत्कार किया। राजा ने पांडवों के शील-स्वभाव की भाँति-भाँति से परीक्षा ली। उसी बीच महर्षि व्यास भी द्रुपद के घर पधारे थे। व्यास जी के सामने ही पाँचों पांडवों से द्रौपदी के विवाह की बातें हुई। इस सम्बन्ध में द्रुपद, धृष्टद्युम्न और युधिष्ठिर ने अपने विचार प्रकट किए। बहुत तर्क-वितर्क और प्राचीन उदाहरणों के बाद पाँचों पांडवों का द्रौपदी के साथ विवाह कर दिया गया।

कर्ण का दान

एक दिन भगवान् श्रीकृष्ण पाण्डवों के महल में बैठकर बातें कर रहे थे। बातों ही बातों में श्रीकृष्ण ने कर्ण की प्रशंसा करते हुए कहा, "कर्ण जैसा दानी इस दुनिया में और कोई हो ही नहीं सकता।"

कर्ण की प्रशंसा सुन अर्जुन को गुस्सा आ गया, उसने तुरंत श्रीकृष्ण से कहा, "न जाने आप हर समय कर्ण के ही गुण क्यों गाते रहते हो। दान तो हम सभी करते हैं। फिर कर्ण में ऐसा क्या है, जो आप हर समय उसी के गुण गाते हो?"

श्रीकृष्ण ने मुस्कुराते हुए अर्जुन से कहा, "समय आने पर मैं सब दिखा दूँगा।"

समय बीतता गया। बरसात का मौसम आया। एक दिन घनघोर वर्षा हो रही थी। श्रीकृष्ण अर्जुन के साथ राजमहल में बैठकर बातें कर रहे थे। इतने में एक ब्राह्मण राजमहल के द्वार पर दस्तक देता है। पूछने पर पता चलता है कि ब्राह्मण के पिता की मृत्यु हो गई है और ब्राह्मण को पिता के दाह संस्कार के लिए कहीं भी सूखी लकड़ियाँ नहीं मिलीं, सूखी लकड़ी की तलाश में ही वह राजमहल पहुँचा था। ब्राह्मण की बात सुन अर्जुन ने तुरंत अपने सेवकों को लकड़ियों का प्रबंध करने का आदेश दिया।

थोड़ी ही देर में सारे सेवक अर्जुन के पास खाली हाथ लौट आए, क्योंकि घनघोर वर्षा के कारण महल के भण्डार की सभी लकड़ियाँ गीली हो गई थीं।

अर्जुन ने ब्राह्मण को अपनी विवशता बताई और याचक को अर्जुन के महल से खाली हाथ लौटना पड़ा।

अर्जुन के महल से निकल कर ब्राह्मण कर्ण के पास पहुँचा, परन्तु कर्ण के भण्डार में भी कोई सूखी लकड़ी नहीं मिली। लेकिन कर्ण ने ब्राह्मण को वापस

नहीं भेजा। कर्ण ने स्वयं अपना धनुष-बाण उठाया। बाण मार-मार कर कर्ण ने अपने सुंदर महल के मूल्यवान किवाड़, चौखटे, पलंग आदि तोड़ डाले और लकड़ियों का ढेर लगा दिया। सब लकड़ियाँ चंदन की थी। यह सब देखकर ब्राह्मण ने कर्ण से कहा, "ऐसा करने से तो सारा महल ही खराब हो रहा है।"

कर्ण ने उसकी नहीं सुनी और कहा, "महल तो दोबारा बन जाएगा, पर यह क्षण फिर दोबारा लौटकर नहीं आएगा। जब दुनिया को पता चलेगा कि कर्ण के यहाँ से एक ब्राह्मण खाली हाथ लौट गया, तो मेरी प्रतिष्ठा पर कलंक लग जाएगा। मेरे पास से कोई याचक खाली हाथ नहीं जाएगा।"

और देखते ही देखते कर्ण ने महल के दरवाजे, शहतीर आदि तोड़कर ब्राह्मण को उसके पिता के अन्तिम संस्कार के लिए लकड़ी दे दी।

कर्ण के यहाँ से मिली हुई लकड़ियों से ब्राह्मण ने श्मशान में जाकर चिता बनाई और अपने पिता के अंतिम संस्कार की तैयारी में लग गया।

श्री कृष्ण भी इसी मौके की तलाश में थे। श्रीकृष्ण उसी समय अर्जुन को सैर कराने के बहाने उसी जगह ले गए, जहाँ ब्राह्मण अपने पिता का अंतिम संस्कार कर रहा था।

अर्जुन ने ब्राह्मण को पहचान लिया और उत्सुकता से पूछा, "आखिर इतनी सारी सूखी लकड़ियाँ मिली कहाँ से?"

ब्राह्मण ने अर्जुन को बताया कि कर्ण ने अपने महल के शहतीर और दरवाजे काट कर लकड़ी का प्रबंध किया है।

श्रीकृष्ण इसी पल का इंतजार कर रहे थे। उन्होंने तुरंत अर्जुन से कहा, "देखा अर्जुन! मैं हमेशा कर्ण की ज्यादा प्रशंसा इसलिए करता हूँ, क्योंकि कर्ण के स्वभाव में दान है। दानी तो तुम भी हो, तुम्हारे महल में भी लकड़ी की बनी अनेक वस्तुएँ थी, पर तुम्हें ऐसा करने का विचार नहीं आया। ऐसी बात सिर्फ कर्ण ही सोच सकता है। दुनिया में कर्ण जैसा दानी और दूसरा नहीं मिल सकता।"

दान की परीक्षा

कर्ण 'दानवीर' के नाम से जाना जाता था। सभी कर्ण के दानी स्वभाव की बड़ी प्रशंसा करते थे। कर्ण की इस प्रशंसा से अर्जुन हमेशा चिढ़ा करते थे। एक दिन कृष्ण ने कर्ण और अर्जुन के दान की परीक्षा लेने का निश्चय किया। उन्होंने अपनी माया से एक सोने का पहाड़ बनाया और पहले अर्जुन से कहा, "सूरज डूबने से पहले उसे सारा पहाड़ दान कर देना है।" अर्जुन ने तुरन्त पहाड़ काटकर उसे बांटना शुरू कर दिया। अर्जुन सुबह से शाम तक बिना कुछ खाये-पिये, बिना रुके पहाड़ काटता रहा, पर शाम तक सिर्फ आधा ही पहाड़ काट सका। शाम को उसने अपनी हार मान ली।

दूसरे दिन कृष्ण ने फिर वैसा ही पहाड़ बनाया और कर्ण से उसे बांटने को कहा। कर्ण को पहाड़ बांटने का काम सौंपकर श्रीकृष्ण और अर्जुन वापस लौट रहे थे। अभी उन्होंने आधा रास्ता भी तय नहीं किया था कि पीछे से तेजी से एक रथ आता दिखाई दिया। रथ कर्ण का था।

कर्ण को वापस आता देख अर्जुन को बड़ा आश्चर्य हुआ, क्योंकि वह पूरे दिन काम करके भी पूरा पहाड़ काट कर दान नहीं कर पाया था।

कर्ण ने पास आकर श्रीकृष्ण से कहा, "माधव! मैंने अपना काम पूरा कर दिया है।" अर्जुन को बड़ा आश्चर्य हुआ, उसने कर्ण से पूछा कि यह कैसे संभव हुआ। तब कर्ण ने जवाब दिया, "मैंने आस-पास के सभी गाँव वालों को बुलवाकर उनसे कहा कि जो जितना सोना चाहे, पहाड़ तोड़कर ले जाये। इतना कहना था कि सारे गाँव वाले पहाड़ तोड़ने में जुट गए और थोड़ी ही देर में सारे पहाड़ के छोटे-छोटे टुकड़े हो गए।"

तब कृष्ण ने अर्जुन से कहा, "देखा पहाड़ तो तुम भी दान करना चाहते थे, पर तुम्हें यह नहीं सूझा।"

कवच और कुण्डल

पाण्डव जब अपना बारह वर्ष का वनवास और एक साल का अज्ञातवास पूरा कर वापस हस्तिनापुर पहुँचे, तो उन्होंने कौरवों के पास जाकर अपना राज्य वापस माँगा।

दुर्योधन उनका राज्य वापस नहीं करना चाहता था, उसने पाण्डवों को साफ कह दिया कि यदि अपना राज्य वापस चाहिए तो उन्हें कौरवों से युद्ध करना पड़ेगा। सभी बुजुर्गों ने दुर्योधन को समझाने की कोशिश की कि शांति से पाण्डवों का राज्य वापस कर दे, क्योंकि अगर युद्ध हुआ तो सारी सभ्यता का नाश हो जाएगा, पर दुर्योधन ने किसी की एक न सुनी। आखिर युद्ध होना निश्चित हो गया।

कौरवों और पाण्डवों के बीच युद्ध होने वाला है, यह बात स्वर्ग में राजा इन्द्र को भी पता चली। इन्द्र बड़े परेशान हुए, क्योंकि वह जानते थे कि सूर्य पुत्र कर्ण पराक्रम और कौशल में उनके बेटे अर्जुन से कम नहीं था और कर्ण अपनी माँ कुन्ती से कह चुका था कि वह सिर्फ अर्जुन से युद्ध कर उसे मारेगा। इन्द्र भी यह जानते थे कि कर्ण को जन्म से ही दिव्य कवच और कुण्डल प्राप्त थे और इन्हीं कवच और कुण्डल के रहते कर्ण को कोई पराजित नहीं कर पाएगा। इन्द्र ने कर्ण से उसके कवच और कुण्डल माँगने की ठानी।

इधर कर्ण के पिता सूर्यदेव को इन्द्र की इस चाल का पता चला। सूर्यदेव भी अपने पुत्र के लिए चिंतित हो उठे, क्योंकि वे अपने बेटे का स्वभाव जानते थे। उन्हें पता था कि कर्ण बिना सोचे-समझे अपना कवच और कुण्डल उतार कर दान कर देगा। उस रात सूर्य कर्ण के सपने में आए और उन्होंने कर्ण को सावधान किया कि वह किसी भी कीमत पर अपने कवच और कुण्डल दान नहीं करे। कर्ण ने भी बड़े आदर से अपने पिता से कहा कि किसी भी याचक

को दान देने से इंकार कर वह अपयश नहीं कमाना चाहता। अगर इन्द्रदेव उसके पास कवच माँगने आए तो वह बिना सोचे अपना कवच उतार कर उन्हें दे देगा। कुछ ही दिन बाद इन्द्र एक ब्राह्मण का रूप धर कर्ण के घर आए और कर्ण से उसके कवच और कुण्डल माँग लिए। कर्ण तुरंत इन्द्रदेव को पहचान गया और उन्हें प्रणाम कर बड़े आदर से बोला, "ये कवच और कुण्डल मैं आपको देकर बड़ी आसानी से अर्जुन के बाणों का शिकार बन जाऊँगा। फिर भी मेरे यहाँ से आप खाली हाथ नहीं जाओगे।" कर्ण ने तुरंत अपने कवच और कुण्डल उतार कर इन्द्रदेव को दे दिए।

इन्द्रदेव भी कर्ण की उदारता पर इतना द्रवित हुए कि उन्होंने अपना दिव्यास्त्र 'शक्ति' कर्ण को दे दिया और कहा कि अर्जुन के साथ युद्ध करने में वह शक्ति उसके काम आएगी, लेकिन वह इस शक्ति का इस्तेमाल केवल एक बार ही कर सकेगा। दुर्भाग्य से युद्ध के दौरान कर्ण को शक्ति का इस्तेमाल घटोत्कच को मारने में करना पड़ा और कर्ण अन्त में अर्जुन के हाथों मारा गया, जब वह धँसे हुए रथ का पहिया निकाल रहा था, अर्जुन ने तभी उस पर वाण चलाकर उसका वध कर दिया था।

कर्म का रहस्य

बारह वर्ष के वनवास और एक साल के अज्ञातवास को पूरा करके जब पांडव हस्तिनापुर वापस आए, तब पांडवों ने कौरवों से अपना राज्य वापस माँगा। दुर्योधन ने पांडवों का राज्य देने से साफ इंकार कर दिया। दुर्योधन ने भरी सभा में साफ कह दिया कि अगर पांडवों को उनका राज्य वापस लेना है तो कौरवों को युद्ध में हराकर ही लेना होगा।

पांडवों को युद्ध से होने वाले विनाश का अंदाजा था, इसलिए युधिष्ठिर युद्ध नहीं चाहते थे। युधिष्ठिर ने युद्ध रोकने के लिए दुर्योधन से भी कह दिया कि राज्य नहीं तो उन्हें रहने लायक सिर्फ पाँच गाँव ही दे दिये जाएँ। पर दुर्योधन तो सिर्फ युद्ध करना चाहता था। वह किसी तरह से मानने को तैयार नहीं था। सभी जानते थे कि अगर युद्ध हुआ तो सारी सभ्यता का विनाश हो जाएगा। इसीलिए सभी दुर्योधन को मनाने की कोशिश में थे। सभी का विचार का था कि श्रीकृष्ण को पांडवों की तरफ से हस्तिनापुर जाकर दुर्योधन को समझाना चाहिए।

द्रौपदी को यह बात बिल्कुल पसंद नहीं आई। वह चाहती थी कि युद्ध हो और उसमें कौरव हारें, ताकि वह उसके साथ हुए अपमान का बदला ले सके। द्रौपदी को जब पता चला कि श्रीकृष्ण दुर्योधन को समझाने जा रहे हैं, तब वह भागी-भागी श्रीकृष्ण के पास आई। उस समय श्रीकृष्ण गाय की पूजा कर रहे थे। द्रौपदी ने श्रीकृष्ण को दुर्योधन के पास जाने से मना किया। उसने श्रीकृष्ण को साफ-साफ कह दिया कि वह अपने अपमान का बदला लेना चाहती है। अगर पांडव कौरवों से लड़कर उसके अपमान का बदला नहीं ले सकते, तो वह अपने भाई से कहकर युद्ध करवाकर कौरवों से अपने अपमान का बदला लेकर रहेगी।

द्रौपदी को इतने गुस्से में देख कर श्रीकृष्ण ने उसे समझाने की बड़ी कोशिश की। उन्होंने द्रौपदी से कहा, "सखी! तुम क्यों चिंता कर रही हो, युद्ध तो होकर ही रहेगा। मेरे जाने से भी दुर्योधन नहीं मानने वाला है।"

श्रीकृष्ण की बात सुन द्रौपदी को बड़ा आश्चर्य हुआ। उसने श्रीकृष्ण से पूछा, "अगर आप त्रिकालदर्शी हैं और यह जानते हैं कि युद्ध होकर ही रहेगा, तो तब आप दुर्योधन के पास जाकर अपनी बेइज्जती क्यों करवाना चाहते हैं।"

इस पर श्रीकृष्ण ने कहा, "मैं तो यह जानता हूँ कि युद्ध होकर ही रहेगा। परन्तु मैं एक आम आदमी को वही करके दिखाना चाहता हूँ, जो उसे धर्म का आचरण करते हुए करना चाहिए। अगर सब लोग यह सोचकर बैठ जाएँ कि जो निश्चित है वह तो होकर ही रहेगा, तो कहीं भी कोई भी काम नहीं करेगा। हम सभी इस जीवन में अपने कर्मों से बंधे हुए हैं और हम सभी को अपने काम करने का प्रयत्न अवश्य करना चाहिए। सारे कौरवों का नाश तो निश्चित है, पर मैं अपने कर्म से क्यों पीछे हो जाऊं? और तुम गुस्सा करके क्यों अपनी बुद्धि भ्रष्ट कर रही हो?"

टिटहरी के अण्डे

महाभारत का युद्ध शुरू होने वाला था। कुरूक्षेत्र के रेतीले मैदान में विशाल कौरव सेना पांडवों की सेना के सामने खड़ी थी। इसी मैदान में, रेत के बीच एक टिटहरी ने अपना घोंसला बनाया था। उस घोंसले में टिटहरी के दो अण्डे थे। सभी अण्डों में से बच्चों को निकलने में कुछ दिन बाकी थे।

अपने घोंसले के दोनों तरफ इतनी बड़ी सेनाओं को देख कर बेचारी टिटहरी घबरा रही थी।

टिटहरी अपने घोंसले में रहकर अपने अण्डों को सेना चाहती थी। पर वह जानती थी कि अगर वह वहीं रुक गई तो जरूर किसी हाथी या घोड़े के पैर नीचे वह भी मारी जाएगी और अण्डे भी टूट जायेंगे और टिटहरी अपने अण्डों को वहाँ से हटा नहीं सकती थी। उसकी समझ में नहीं आ रहा था कि वह क्या करे।

हार कर उसने मन से भगवान् को याद किया और भगवान् से अपने अण्डों की रक्षा करने को कहा। युद्ध का बिगुल बजते ही टिटहरी वहाँ से उड़कर एक पेड़ के पास जाकर बैठ गई। युद्ध शुरू हुआ और एक हाथी घोंसले के पास से गुजरा। संयोग से हाथी के गले में जो घण्टा पड़ा था, वह टूटकर जमीन पर ऐसे गिरा कि दोनों अण्डे उस घंटे के अंदर आ गये। महाभारत का युद्ध 18 दिन तक चला और 18 दिनों तक दोनों अण्डे उस घंटे के नीचे सुरक्षित रहे। घंटे के अंदर होने के कारण अण्डे रात की ठण्ड से भी बचे रहे।

युद्ध समाप्त होने के पश्चात जब रणभूमि की सफाई हुई, तब घण्टे के नीचे से दो छोटे टिटहरी के बच्चे निकले।

वीर अभिमन्यु

अभिमन्यु महाभारत के नायक अर्जुन और सुभद्रा, जो बलराम व कृष्ण की बहन थीं, के पुत्र थे। उन्हें चंद्र देवता का पुत्र भी माना जाता है। धारणा है कि समस्त देवताओं ने अपने पुत्रों को अवतार रूप में धरती पर भेजा था परंतु चंद्रदेव ने कहा कि वे अपने पुत्र का वियोग सहन नहीं कर सकते, अतः उनके पुत्र को मानव योनि में मात्र सोलह वर्ष की आयु दी जाए।

अभिमन्यु का बाल्यकाल अपनी ननिहाल द्वारका में ही बीता। उनका विवाह महाराज विराट की पुत्री उत्तरा से हुआ। अभिमन्यु के पुत्र परीक्षित, जिसका जन्म अभिमन्यु के मृत्योपरांत हुआ, कुरुवंश के एकमात्र जीवित सदस्य पुरुष थे, जिन्होंने युद्ध की समाप्ति के पश्चात पांडव वंश को आगे बढ़ाया

महाभारत युद्ध में बारहवें दिन कौरवों को भारी क्षति उठानी पड़ी थी, जिससे दुर्योधन बहुत दुःखी था। उसने द्रोणाचार्य को उलाहना दिया। द्रोणाचार्य ने प्रतिज्ञा करते हुए कहा, "राजन्, अर्जुन के रहते शत्रु को परास्त करना सरल कार्य नहीं है। जहाँ अर्जुन और श्रीकृष्ण हैं, वहाँ केवल शंकर ही रक्षा कर सकते हैं। मैं प्रतिज्ञा करता हूँ कि आज मैं पाडवों के किसी श्रेष्ठ महारथी को अवश्य मार डालूँगा। आज मैं उस व्यूह का निर्माण करूँगा, जिसे देवता भी नहीं तोड़ सकते। परन्तु किसी उपाय से अर्जुन को दूर हटाना होगा।"

विचार-विमर्श और योजना के बाद सेनाएँ युद्धभूमि में आ डटीं। द्रोणाचार्य ने कमल की आकृति का चक्रव्यूह बनाया। दस हजार सैनिकों के अतिरिक्त दुर्योधन, द्रोण, कृपाचार्य, कर्ण, दुःशासन, जयद्रथ, अश्वत्थामा आदि सभी

महारथी यथास्थान डटे थे। योजना के अनुसार संशप्तकों ने अर्जुन को दक्षिण दिशा की ओर अटकाए रखा। वहाँ उनमें और अर्जुन में प्रबल युद्ध होने लगा। इधर पांडव सेना द्रोणाचार्य से टक्कर ले रही थी, किन्तु द्रोण थे कि वे परास्त होने में ही नहीं आ रहे थे। द्रोणाचार्य के प्रबल वेग से युधिष्ठिर घबरा उठे और उन्होंने युद्ध का सारा बोझ अभिमन्यु के कन्धों पर रखते हुए कहा, "तात् अर्जुन तो संशप्तकों के साथ युद्ध में उलझे हैं और इधर द्रोणाचार्य के व्यूह का भेदन असंभव होता जा रहा है। अर्जुन, कृष्ण और प्रद्युम्न के बाद चक्रव्यूह का भवन तुम्हारे सिवा किसी को नहीं आता। अतः यह भाग तुम ही लो और शीघ्र ही कौरव सेना का संहार कर डालो"

अभिमन्यु ने कहा, "महाराज, मैं पांडवों के कल्याण के लिए व्यूह में जाऊँगा तो, परन्तु मुझे केवल व्यूह में जाने की विधि मालूम है, लौटने की विधि नहीं आती है, क्योंकि जब मैं माता के गर्भ में था और व्यूह से निकलने का वर्णन पिताश्री माता को बता रहे थे तो माताश्री को नींद आ गई थी और पिताश्री ने आगे का वर्णन नहीं सुनाया था और गर्भ में मेरा ज्ञान अधूरा रह गया था।" अभिमन्यु की बात सुनकर युधिष्ठिर, भीम आदि ने उसे सहायता देने का आश्वासन दिया। अभिमन्यु अभी कुमार ही था, परन्तु था अद्भुत पराक्रमी और साहसी। वह बोला, "यद्यपि मैं अभी बालक हूँ तो भी आज सारे प्राणी देखेंगे कि मैंने अकेले ही समूह के समूह शत्रु-सैनिकों का युद्ध में संहार कर डाला है। यदि आज मेरे साथ युद्ध करके कोई भी सैनिक जीवित बच जाए और मैं युद्ध में एकमात्र रथ की सहायता से सम्पूर्ण क्षत्रिय-मंडल के आठ टुकड़े न कर दूँ तो अर्जुन और सुभद्रा का पुत्र नहीं।" यह कहकर अभिमन्यु ने सारथी को आज्ञा दी कि उसका रथ द्रोणाचार्य की सेना के सामने ले जाया जाए।

यथास्थान पहुँचकर अभिमन्यु ने बाणों की झड़ी लगा दी। उसके पीछे पांडव सेना खड़ी थी, जो कौरव सेना पर प्रहार कर रही थी। अभिमन्यु ने अपने पराक्रम से कई योद्धा मारे, शल्य मूर्च्छित हो गया और कौरव सेना के पैर उखड़

गए। किसी प्रकार फिर एकत्र होकर अभिमन्यु पर धावा बोला गया। अभिमन्यु ने उसका उत्तर दिया और अबकी बार शल्य के भाई को मार डाला। द्रोणाचार्य की रथ सेना को ऐसा छकाया कि वह युद्ध से पलायन कर गई। अब दुर्योधन ने दुःशासन को अभिमन्यु से लड़ने भेजा। उसे भी अभिमन्यु ने परास्त कर दिया तो कर्ण आगे आया। उसे भी मुँह की खानी पड़ी। अभिमन्यु से आतंकित कौरव सेना पुनः पलायन कर गई।

बार-बार अपनी सेना की पराजय देखकर दुर्योधन ने जयद्रथ को मोर्चे पर भेजा। जयद्रथ ने बड़े कौशल से अभिमन्यु के पीछे चलने वाली पांडव सेना को रोक लिया। जयद्रथ ने तो पांडव सेना को रोक लिया, पर अभिमन्यु सैनिकों को मारता-काटता आगे बढ़ता रहा। उसे यह ध्यान नहीं रहा कि उसके पीछे कोई आ भी रहा है या नहीं। आगे जाकर जब उसने पीछे मुड़कर देखा, तो कोई भी पांडव या उनका सैनिक वहाँ नहीं था। इससे भी अभिमन्यु विचलित नहीं हुआ और शत्रुओं का वध करता हुआ चक्रव्यूह के भीतर घुसता ही चला गया। चारों ओर से महारथियों ने उसे घेर लिया। अभिमन्यु ने अपने पराक्रम से अनेक योद्धाओं को मौत के घाट उतार दिया। उसने सत्यश्रवा, रुक्मरथ तथा मित्ररणी और सैकड़ों राजकुमारों का वध कर डाला। इससे दुर्योधन क्रुद्ध हो उठा और स्वयं अभिमन्यु पर टूट पड़ा, दोनों में घोर संग्राम हुआ। अंत में अभिमन्यु के बाणों से घायल दुर्योधन युद्धभूमि से भाग गया।

पिता को युद्धभूमि से भागता देख दुर्योधन के पुत्र लक्ष्मण ने अभिमन्यु का सामना किया। इस पर दुर्योधन भी लौट पड़ा। तभी अपने तीखे बाण से अभिमन्यु ने लक्ष्मण को मार डाला। लक्ष्मण के मरते ही कौरव सेना में हाहाकार मच गया। दुर्योधन क्रुद्ध होकर आपे से बाहर हो गया। उसने तुरन्त ही अपने महारथियों को अभिमन्यु को मारने की आज्ञा दी। आदेश पाते ही चक्रव्यूह में फँसे अभिमन्यु को द्रोणाचार्य, कृपाचार्य, कर्ण, अश्वत्थामा, बृहद्बल और कृतवर्मा, इन छः महारथियों ने घेर लिया। इतना भयानक संग्राम छिड़ा कि जिसकी तुलना नहीं दिखती। अभिमन्यु ने अपने पराक्रम से छह महारथियों के

छक्के छुड़ा दिए और दस हजार राजाओं को मारने के अतिरिक्त बृन्दारक तथा कोमल नरेश बृहद्बल का भी वध कर डाला, फिर महारथियों का मुकाबला करते हुए उसने भोज, अश्वकेतु और कर्ण के मंत्री को भी मार डाला। इस प्रलयकारी युद्ध से महारथी घबरा उठे और किसी भी प्रकार अभिमन्यु का वध करने का उपाय करने लगे।

अभिमन्यु के पराक्रम और कौरवों की महान क्षति से क्षुब्ध होकर कौरवों के छह महारथियों ने अभिमन्यु पर भयानक प्रहार करने आरंभ किए और उसे घायल कर उसके धनुष, ढाल, तलवार और रथ को भी नष्ट कर डाला। अभिमन्यु विकराल रूप धारण कर गदा हाथ में लेकर अश्वत्थामा पर झपटा। बाणों से बुरी तरह बिंधा हुआ अभिमन्यु इस समय विकट रूप वाले 'साही' जन्तु की तरह लग रहा था। उसने अश्वत्थामा को पीछे धकेल दिया और उसके घोड़ों तथा पार्श्वरक्षकों को मार गिराया। उसके बाद सुबल के पुत्र कालिकेय का वध किया। सतत्तर गांधारों का विनाश किया और वसाति, कैकेय आदि रथियों को मार डाला।

अभिमन्यु के आंतक से परेशान कौरव महारथी एकसाथ अभिमन्यु पर टूट पड़े। उसके अस्त्र-शस्त्र समाप्त हो गए तो वह रथ का पहिया लेकर उससे ही लड़ने लगा। इसी अवसर पर दुःशासन के पुत्र ने अभिमन्यु के सिर पर गदा से प्रहार किया, जिससे वह अचेत होकर भूमि पर गिर पड़ा। महारथियों द्वारा मारा गया अभिमन्यु ऐसा लग रहा था जैसे जंगली हाथी विशाल जंगल को उजाड़ डालने पर व्याधों के द्वारा मार डाला गया हो।

जयद्रथ का वध

अभिमन्यु के मारे जाने पर कौरव तो हर्ष निनाद कर उठे पर पांडवों में शोक की घटाएँ छा गई। पांडव सेना में भगदड़ मच गई। युधिष्ठिर ने किसी प्रकार सबको धीरज दिलाया। सन्ध्या हो चुकी थी। अर्जुन भी संशप्तकों का वध करके अपने मोर्चे से शिविर में लौट आए। उजड़े-हुए तथा विषादपूर्ण शिविर को देखकर अर्जुन का माथा ठनका। शिविर में पहुँचते ही जैसे ही अर्जुन को अभिमन्यु के वध का सूचना मिली, वह कटे पेड़ की भाँति बेसहारा होकर विलाप करने लगा। युधिष्ठिर और श्रीकृष्ण बहुत कठिनाई से अर्जुन को धीरज बंधा पाए। जयद्रथ के प्रहार से अभिमन्यु की मृत्यु के समाचार से अर्जुन लम्बी साँसे लेते, क्रोध करते सबको धिक्कारने लगे। फिर उन्होंने भुजा उठाकर प्रतिज्ञा की, "मैं कल शाम तक जयद्रथ को मार डालूँगा, यदि न मार सका, तो जो घोरतम पापियों की दुर्दशा होती है, वह मेरी हो। मैं अवश्य ही दिन छिपने से पूर्व जयद्रथ को मार डालूँगा। यदि इस पापी जयद्रथ के मारे जाने से पहले ही सूर्यदेव अस्ताचल को पहुँच जाएँगे तो मैं जलती हुई अग्नि में प्रवेश कर प्राण त्याग दूँगा।"

अर्जुन की प्रतिज्ञा पर श्रीकृष्ण और अर्जुन ने एकसाथ शंखनाद किया। पांडव सेना को थोड़ा ढाढ़स मिला। भीमसेन को अपनी विजय का विश्वास हुआ।

दूसरी ओर जब कौरवों को अर्जुन की प्रतिज्ञा का पता चला तो वे चिन्तित हो उठे। जयद्रथ तो प्राणों के भय से बहुत ही व्याकुल हुआ। उसे दुर्योधन तथा द्रोणाचार्य से आश्वासन दिलाया। दुर्योधन तो अर्जुन की प्रतिज्ञा से बहुत ही प्रसन्न था। उसकी प्रसन्सता के दो कारण थे। एक तो यह कि यदि किसी

प्रकार कल शाम तक जयद्रथ की रक्षा कर ली जाए तो अर्जुन अपनी प्रतिज्ञा पूरी न होने पर स्वयं आत्मदाह कर लेगा और इस तरह अपने आप मार्ग का कांटा निकल जाएगा। दूसरा कारण था, जयद्रथ को मिला हुआ वरदान। बात यह थी कि जिस समय जयद्रथ ने जन्म लिया था तो कहा गया था कि यह बालक बड़ा होने पर बहुत यशस्वी होगा। किन्तु इसकी मृत्यु किसी श्रेष्ठ क्षत्रिय के द्वारा इसका सिर काट लिए जाने से होगी। जयद्रथ के पिता बहुत तपस्वी थे, उस आकाशवाणी के सुनते ही वे क्षुब्ध हो उठे और उन्होंने तुरन्त अभिशाप दिया। उन्होंने कहा, "जिसके द्वारा मेरे पुत्र का कटा हुआ सिर भूमि पर गिरेगा, स्वयं उसी के सिर के उसी क्षण सौ टुकड़े हो जाएँगे।" जयद्रथ के बड़ा हो जाने पर पिता ने उसे सिंधुदेश का राजा बनाया और स्वयं तपस्या करने जंगल में चले गए।

इस घटना को देखते हुए भी यदि अर्जुन जयद्रथ का सिर काटने में सफल हो गया, तो स्वयं मारा जाएगा। ऐसा सोचकर दूसरे दिन के युद्ध की वह तैयारियाँ करने में व्यस्त हो गया।

सवेरा होने पर दोनों ओर की सेनाएँ बड़े उत्साह और निर्णायक युद्ध की स्थिति लेकर मैदान में उतरीं। द्रोणाचार्ण ने चक्रशकट व्यूह का निर्माण किया। सब प्रकार से तैयार होकर द्रोणाचार्य ने जयद्रथ से कहा, "राजन, तुम भूरिश्रवा, कर्ण, अश्वत्थामा, शल्य, वृषसेन, कृपाचार्य तथा एक लाख घुड़सवार, साठ हजार रथ, चौदह हजार मतवाले गजराज तथा इक्कीस हजार कवचधारी पैदल सैनिकों को साथ लेकर मुझसे छह कोस की दूरी पर जाकर डटे रहो। वहाँ तुम्हारा कोई कुछ नहीं बिगाड़ सकेगा।" इस प्रकार जयद्रथ की रक्षा के पूरे प्रबंध कर लिए गए।

सबसे पहले दुर्मर्षण अपनी गज सेना लेकर आगे बढ़ा। अर्जुन ने युद्धभूमि में पहुँचते ही शंखनाद किया और शव सेना के प्रहारों का उत्तर देना आरंभ कर दिया। अर्जुन ने प्रबल आक्रमण द्वारा दुर्मर्षण के छक्के छुड़ा दिए। उसकी गज सेना का संहार कर डाला और उसके सैनिक पलायन कर गए। फिर दुःशासन

आगे आया उसे भी मुँह की खानी पड़ी। कौरव वीरों को हताहत करते हुए अर्जुन द्रोणाचार्य के सामने आए। द्रोणाचार्य ने अर्जुन पर बाणों से प्रहार करना आरम्भ कर दिया। अर्जुन ने भी उसका उत्तर दिया। दोनों में विकराल संग्राम हुआ। बहुत देर तक युद्ध होता रहा। तब श्रीकृष्ण ने अर्जुन से कहा, ‘‘अर्जुन द्रोणाचार्य का प्रतिरोध कठिन है। कहीं ऐसा न हो कि इनसे लड़ने में ही हमारा अधिक समय बीत जाए। इसलिए द्रोणाचार्य को छोड़कर हमें आगे बढ़ना चाहिए।’’ श्रीकृष्ण से अर्जुन ने सहमति प्रकट की और अर्जुन का रथ आगे बढ़ा। बाणों की वर्षा करते हुए अर्जुन अपने लक्ष्य की ओर चले। द्रोणाचार्य ने जब यह देखा तो अर्जुन से कहा, ‘‘अर्जुन, तुम इस प्रकार कहाँ चले जा रहे हो? तुम तो रणक्षेत्र में शत्रु को पराजित किए बिना नहीं लौटते थे।’’

अर्जुन ने निवेदन किया, ‘‘आचार्य, आप मेरे शत्रु नहीं हैं। मेरे गुरु हैं। मैं आपका पुत्र के समान प्रिय शिष्य हूँ। मैं शत्रु का वध करने ही जा रहा हूँ।’’

कई वीरों से संरक्षित अर्जुन कौरव सेना को कुचलते हुए आगे बढ़ने लगे। कृतवर्मा आदि से युद्ध करते हुए अर्जुन ने कौरवों की सेना में प्रवेश किया। घमासान लड़ाई हुई, जिसमें अर्जुन ने अनेकानेक वीरों के साथ श्रुतायुध को मार डाला। अपने दल की बुरी तरह पराजय होते देख दुर्योधन ने द्रोणाचार्य को उलाहना दिया। द्रोणाचार्य ने दुर्योधन से कहा कि तुम स्वयं जाकर अर्जुन से युद्ध करो मैं तुम्हें दिव्य कवच से सुसज्जित करता हूँ। इसके रहते कोई भी तुम्हारा बाल बांका नहीं कर सकेगा।

द्रोणाचार्य ने मंत्रों से अभिषिक्त करके सुवर्णमय दिव्य कवच दुर्योधन को बांध दिया। वह कवज धारणा करके दुर्योधन अर्जुन के सामने जा डटा। उधर द्रोणाचार्य और धृष्टद्युम्न के बीच भयानक युद्ध होने लगा। द्रोण ने धृष्टद्युम्न को बुरी तरह घायल किया। इस पर सात्यकि उसकी रक्षा के लिए आया। द्रोणाचार्य का सात्यकि से भी घोर संग्राम हुआ। दोनों ओर के असंख्य सैनिक मारे गए।

दुर्योधन दिव्यकवच से सुरक्षित होकर अर्जुन तथा श्रीकृष्ण पर प्रहार पर

प्रहार करने लगा। अर्जुन प्रतिकार करता परन्तु कोई लाभ नहीं हुआ। अर्जुन के शक्तिशाली बाण भी दुर्योधन की देह से टकराकर भूमि पर गिर जाते। दुर्योधन अर्जुन और श्रीकृष्ण को घायल करता हुआ हर्ष सुनाता रहा। निराश होकर श्रीकृष्ण और अर्जुन ने परस्पर विचार विनिमय किया। वे दोनों इस नतीजे पर पहुँचे कि हो-न-हो द्रोणाचार्य ने दुर्योधन को दिव्य कवच से सुरक्षित कर दिया है। अतः दुर्योधन को परास्त करने के लिए अन्य उपाय से काम लेना पड़ेगा।

अब अर्जुन ने विकराल रूप धारण कर पहले तो अपने तीखे बाणों से दुर्योधन के घोड़ों ओर अंगरक्षकों को मार गिराया फिर दुर्योधन के धनुष और दस्ताने काट डाले और रथ को टुकड़े-टुकड़े कर डाला। फिर उसकी दोनों हथेलियों के नाखूनों को भी घायल कर दिया। इस तरह हर प्रकार से विवश होकर दुर्योधन युद्धभूमि से भाग खड़ा हुआ, फिर दुर्योधन की रक्षा को आये महारथियों से अर्जुन का युद्ध हुआ।

पांडव सेना भी पूरे वेग से द्रोणाचार्य से लोहा ले रही थी, पर द्रोणाचार्य को हराना आसान काम नहीं था। उन्होंने न केवल पांडव सेना को बुरी तरह घायल किया, बल्कि युधिष्ठिर का रथ भंग करके उन्हें भी युद्धभूमि से पलायन करने को विवश कर दिया। पांडव सेना के अन्य वीर यूद्धभूमि में डटे रहे और कौरवों के कई रथियों को मार गिराया। द्रौपदी के पुत्रों ने शल का वध कर डाला और भीमसेन ने अपने पराक्रम से अलम्बुष को पीछे धकेल दिया फिर घटोत्कच ने अलम्बुष को भी मार डाला। इससे पांडव सेना में हर्षध्वनि छा गई। अनेक वीरों को मारकर अब अर्जुन जयद्रथ की ओर बढ़े। कर्ण ने युद्धभूमि में आकर पुनः अर्जुन का मुकाबला किया। दोनों में खूब जमकर लड़ाई हुई। कर्ण को पराजय का सामना करना पड़ा। इस पर सब योद्धाओं ने मिलकर अर्जुन पर आक्रमण कर दिया। भयानक संग्राम होने लगा। कौरवों के महारथी अर्जुन को परास्त करने की भरसक चेष्टा कर रहे थे। और जयद्रथ को कौरवों ने छिपा लिया था और देखते ही देखते सूर्य भी छिप गया। अपनी प्रतिज्ञा के

अनुसार अर्जुन ने चिता तैयार की और उसमें अग्नि प्रज्ज्वलित की और आत्मदाह के लिए तैयार हो गए। सभी कौरव भी अर्जुन को जिंदा जलता हुआ देखने के लिए आ पहुँचे। जयद्रथ को भी अब कोई भय नहीं था वह भी जलती लकड़ियों के पास आकर खड़ा हो गया और कुटिल मुस्कान के साथ अर्जुन को चिढ़ाने लगा, 'चले थे मुझे मारने और स्वयं की मर...'

अर्जुन गांडीव हाथ में लेकर चिता की ओर जैसे ही बढ़े वैसे सूर्य फिर निकल आया और तुरंत ही श्रीकृष्ण ने अर्जुन से कहा, "पार्थ! कायर जयद्रथ का वध कर डालो। सूर्य अभी नहीं छिपा था। पूर्ण सूर्यग्रहण के कारण कुछ देर के लिए छिप गया था। लेकिन ध्यान रहे कि उसका सिर कटकर उसके पिता की ही गोद में गिरना चाहिए।"

तभी अर्जुन ने अग्नि के समान तेजस्वी और भयंकर बाण तरकस से निकाल और उसे मंत्रों से अभिषिक्त करके गांडीव पर चढ़ाया और जयद्रथ को लक्ष्य करके छोड़ दिया। उसके प्रयोग की विधि और जयद्रथ को मिले वरदान तथा उसके पिता के द्वारा दिए गए अभिशाप की पूरी बात श्रीकृष्ण ने अर्जुन को समझा दी थी। अर्जुन ने सभी बातों का ध्यान रखते हुए दिव्य बाण छोड़ा था। गांडीव धनुष से छूटा हुआ वह शीघ्रगामी बाण सिंधुराज का सिर काटकर बाज पक्षी के समान उसे आकाश में ले उड़ा। उस बाण ने जयद्रथ का वह कटा हुआ सिर स्यमन्तपंचक से बाहर सन्ध्योपासना में लीन तपस्वी वृद्धक्षत्र की गोदी में डाल दिया। जयद्रथ के पिता आँखें बन्द किए जप कर रहे थे। अतः उन्होंने पुत्र का कटा सिर नहीं देखा। जप समाप्त करके जैसे ही वह उठे, उनकी गोदी से जयद्रथ का सिर भूमि पर गिर पड़ा। पुत्र का मस्तक पृथ्वी पर गिरते ही तपस्वी पिता के मस्तक के भी सौ टुकड़े हो गए।

शिशुपाल की गालियाँ

जरासंध का वध करके श्री कृष्ण, अर्जुन और भीम इन्द्रप्रस्थ लौट आये एवं धर्मराज युधिष्ठिर से सारा वृत्तांत कहा, जिसे सुनकर वे अत्यन्त प्रसन्न हुए। तत्पश्चात् धर्मराज युधिष्ठिर ने राजसूय यज्ञ की तैयारी शुरू करवा दी। उस यज्ञ के ऋतिज आचार्य होता थे।

यज्ञ को सफल बनाने के लिए वहाँ पर भारतवर्ष के समस्त बड़े-बड़े ऋषि महर्षि भगवान वेद व्यास, भारद्वाज, सनत, गौतम, असित, वशिष्ठ, च्यवन, कण्डव, मैत्रेय, कवष, जित, विश्वामित्र, वामदेव, सुमति, जैमिनी, क्रतु, पैल, पराशर, गर्ग, वैशम्पायन, अथर्वा, कश्यप, धौम्य, परशुराम, शुक्राचार्य, आसुरि, वीतहोत्र, मधुद्वन्दा, वीरसेन, अकृतब्रण आदि उपस्थित थे। सभी देशों के राजाधिराज भी वहाँ पधारे। ऋतिजों ने शास्त्र विधि से यज्ञ-भूमि को सोने के हल से जुतवा कर धर्मराज युधिष्ठिर को दीक्षा दी। धर्मराज युधिष्ठिर ने सोमलता का रस निकालने के समय यज्ञ की भूल-चूक देखने वाले सद्पतियों की विधिवत पूजा की। अब समस्त सभासदों में इस विषय पर विचार होने लगा कि सब से पहले किस देवता की पूजा की जाये। तब सहदेव जी उठ कर बोल, "श्रीकृष्ण जी महान योगी हैं, अतः सबसे पहले उनकी ही पूजा की जाए, वही यहाँ सबसे योग्य व्यक्ति हैं।"

परमज्ञानी सहदेव जी के वचन सुनकर सभी सत्पुरुषों ने साधु! साधु! कह कर पुकारा। भीष्म पितामह ने स्वयं अनुमोदन करते हुए सहदेव के कथन की प्रशंसा की। तब धर्मराज युधिष्ठिर ने शास्त्रोक्त विधि से भगवान श्री कृष्ण का पूजन आरम्भ किया। चेदिराज शिशुपाल अपने आसन पर बैठा हुआ यह सब दृश्य देख रहा था। सहदेव के द्वारा प्रस्तावित तथा भीष्म के द्वारा समर्थित श्री

कृष्ण की अग्र पूजा को वह सहन न कर सका और उसका हृदय क्रोध से भर उठा। वह उठ कर खड़ा हो गया और बोला, "हे सभासदों! मुझे ऐसा प्रतीत हो रहा है कि कालवश सभी की मति मारी गई है। क्या इस बालक सहदेव से अधिक बुद्धिमान व्यक्ति इस सभा में नहीं है जो इस बालक की हाँ में हाँ मिला कर अयोग्य व्यक्ति की पूजा स्वीकार कर ली गई है? क्या इस कृष्ण से आयु, बल तथा बुद्धि में कोई भी बड़ा नहीं है? बड़े-बड़े त्रिकालदर्शी ऋषि-महर्षि यहाँ पधारे हुए हैं। बड़े-बड़े राजा-महाराजा यहाँ पर उपस्थित हैं। क्या इस गाय चराने वाल ग्वाले के समान कोई और यहाँ नहीं है? क्या कौआ हविश्यान्न ले सकता है? क्या गीदड़ सिंह का भाग प्राप्त कर सकता है? न इसका कोई कुल है न जाति, न ही इसका कोई वर्ण है। राजा ययाति के शाप के कारण राजवंशियों ने इस यदुवंश को वैसे ही बहिष्कृत कर रखा है। यह जरासंध के डर से मथुरा त्याग कर समुद्र में जा छिपा था। भला यह किस प्रकार अग्रपूजा पाने का अधिकारी है?"

इस प्रकार शिशुपाल जगत के स्वामी श्री कृष्ण को गाली देने लगा। उसके इन कटु वचनों की निन्दा करते हुए अर्जुन और भीमसेन अनेक राजाओं के साथ उसे मारने के लिए उद्यत हो गए किन्तु श्री कृष्ण ने उन सभी को रोक दिया। श्री कृष्ण के अनेक भक्त सभा छोड़ कर चले गए क्योंकि वे श्री कृष्ण की निन्दा नहीं सुन सकते थे।

जब शिशुपाल श्री कृष्ण को एक सौ गाली दे चुका तब श्री कृष्ण ने गरज कर कहा, ‘‘बस शिशुपाल! अब मेरे विषय में तेरे मुख से एक भी अपशब्द निकला तो तेरे प्राण नहीं बचेंगे। मैंने तेरे एक सौ अपशब्दों को क्षमा करने की प्रतिज्ञा की थी इसी लिए अब तक तेरे प्राण बचे रहे।’’ श्री कृष्ण के इन वचनों को सुन कर सभा में उपस्थित शिशुपाल के सारे समर्थक भय से थर्रा गए, किन्तु शिशुपाल का विनाश समीप था। अतः उसने काल के वश होकर अपनी तलवार निकालते हुए श्री कृष्ण को फिर से गाली दी। शिशुपाल के मुख से अपशब्द के निकलते ही श्री कृष्ण ने अपना सुदर्शन चक्र चला दिया और पलक झपकते ही शिशुपाल का सिर कट कर गिर गया।

शाम के समय धर्मराज और श्रीकृष्ण जंगल में घूमने गए और एक नदी के तट पर चिंतन के लिए बैठ गए तो तब धर्मराज ने पूछा, ‘‘माधव शिशुपाल का वध करना क्या उचित था?’’

‘‘हाँ,’’ श्रीकृष्ण ने उत्तर दिया, ‘‘शिशुपाल अधर्म के रास्ते पर चल पड़ा था और पराई स्त्रियों पर भी कुदृष्टि रखता था एवं पराया धन भी हड़पने की नीति उसने अपनाई हुई थी, इसलिए उसका वध करना धर्म का ही कार्य था।’’

सर्वोत्तम दान

महाभारत में दान के संबंध में अनेक कथाएँ हैं। एक कथा च्यवन ऋषि की भी है। भृगु मुनि और पुलोमा के पुत्र च्यवन एक महान ऋषि थे। इनके पुत्र का नाम और्व और पत्नी का नाम आरुषी था। इन्होंने राजा शर्याति की पुत्री सुकन्या से भी विवाह किया।

च्यवन ने महान व्रत का आश्रय लेकर जल के भीतर रहना आरंभ कर दिया। वे गंगा-यमुना-संगम स्थल पर रहते थे। वहाँ उनकी जलचरों से प्रगाढ़ मैत्री हो गयी। एक बार मछवाहों ने मछलियाँ पकड़ने के लिए जाल डाला तो मत्स्यों सहित च्यवन ऋषि भी जाल में फँस गए। नदी से बाहर निकलने पर उन्हें देख समस्त मछवाहे उनसे क्षमा माँगने लगे। च्यवन ने कहा कि उनके प्राण मत्स्यों के साथ ही त्यक्त अथवा रक्षित रहेंगे। उस नगर के राजा को जब च्यवन की इस घटना का ज्ञान हुआ तो उसने भी मुनि से उचित सेवा पूछी। मुनि ने उससे मछलियों के साथ-साथ अपना मूल्य मछवारों को देने के लिए कहा।

राजा ने पूरा राज्य देना भी स्वीकार कर लिया किंतु च्यवन उसे अपने समकक्ष मूल्य नहीं मान रहे थे। तभी गौर के पेट से जन्मे गोताज मुनि उधर आ पहुँचे। उन्होंने राजा नहुष से कहा, 'जिस प्रकार च्यवन अमूल्य हैं, उसी प्रकार गाय भी अमूल्य होती है, अतः आप उनके मूल्यस्वरूप एक गाय दे दीजिए।'

राजा के ऐसा ही करने पर च्यवन प्रसन्न हो गए। मछवाहों ने क्षमा याचना सहित वह गाय च्यवन मुनि को ही समर्पित कर दी तथा उनके आशीर्वाद से वे लोग मछलियों के साथ ही स्वर्ग सिधार गए। च्यवन तथा गोताज अपने-अपने आश्रम चले गए।

गाय सर्वश्रेष्ठ दान है, लेकिन महाभारत में सर्वश्रेष्ठ दान की एक कथा

और है। दरअसल महाभारत युद्ध के बाद राजा युधिष्ठिर ने एक अश्वमेध यज्ञ करवाया। यज्ञ में सम्मिलित होने दूर-दूर से अनेक राजा आए। यज्ञ का आयोजन बड़े भव्य पैमाने पर हुआ था, सभी यज्ञ की बड़ी प्रशंसा कर रहे थे।

यज्ञ समाप्त होने पर युधिष्ठिर ने श्री कृष्ण से पूछा कि यज्ञ में कोई कमी तो नहीं रही थी? श्रीकृष्ण ने अपने योगबल से पता लगाकर युधिष्ठिर को बताया कि राज्य में एक निर्धन को यज्ञ में दान नहीं मिला है।

युधिष्ठिर ने फौरन दूत भेजकर उस निर्धन को बुलवाया और ढेर सारा दान देकर विदा किया। सभी युधिष्ठिर के दान की प्रशंसा कर रहे थे। इतने में एक नेवला वहाँ आया। नेवले का आधा शरीर सोने का था।

नेवले ने युधिष्ठिर से कहा कि चारों तरफ यज्ञ और दान की इतनी ख्याति सुनकर वह बड़ी दूर से आया है और यह बताना चाहता है कि उसने एक ब्राह्मण को दान करते देखा है। ब्राह्मण के दान के आगे युधिष्ठिर का दान कुछ भी नहीं है, क्योंकि ब्राह्मण के यज्ञ की राख में लोटकर उसका आधा शरीर सोने का हो गया था। मैं आपकी यज्ञशाला की राख में भी बहुत लेटा, पर कुछ नहीं हुआ।

युधिष्ठिर बहुत हैरान हुए और उन्होंने नेवले से सारी बात बताने को कहा।

नेवले ने युधिष्ठिर को बताना शुरू किया : एक गरीब ब्राह्मण था। एक दिन भिक्षा में उसे एक सत्तु मिला। घर पर ब्राह्मण के बच्चे भूखे थे। घर पर ब्राह्मण अपने परिवार के साथ सत्तु खाने ही जा रहा था कि ब्राह्मण के द्वार पर एक भूखा साधु आया। भूख के कारण साधु के प्राण निकले जा रहे थे।

ब्राह्मण ने तुरन्त अपने हिस्से का सत्तु साधु को दे दिया। साधु बहुत भूखा था, इतने से उसकी भूख शांत नहीं हुई, तब ब्राह्मण ने अपनी पत्नी का हिस्सा भी साधु को दे दिया। जब इससे भी साधु की भूख शांत नहीं हुई तो अपने बच्चों की भूख की परवाह न करते हुए ब्राह्मण ने अपने बच्चों का हिस्सा भी साधु को दे दिया। सत्तू खाकर साधु ने ब्राह्मण को धन्यवाद दिया और चला गया। महाराज उस गरीब ब्राह्मण को सौ अश्वमेध यज्ञों का फल मिला। उस ब्राह्मण के दान का मुकाबला आप कर ही नहीं सकते। ब्राह्मण के पास देने के लिए सिर्फ सत्तु ही था। उसने अपने बच्चों की भूख की परवाह नहीं की और जो कुछ उसके पास था, सारा दान कर दिया। आपके पास तो असंख्य धन-धान्य हैं। इतना सारा दान करने के बाद भी आपके भण्डार भरे हुए हैं। इसीलिए ब्राह्मण की यज्ञशाला की राख में लोटने से मेरा आधा शरीर सुनहरा हो गया। आप अच्छी तरह से समझ लो कि कितना दान दिया यह महत्वपूर्ण नहीं है। दान किस भाव से किया गया है यह महत्वपूर्ण है।

कल करे सो आज कर

एक दिन महाराजा युधिष्ठिर अपनी राजसभा में जनता के झगड़ों का फैसला कर रहे थे। उस दिन सब झगड़े निपटाने में कुछ ज्यादा ही समय लग गया। महाराज झगड़े निपटाते-निपटाते थक गए।

आखिर सारे झगड़ों का समाधान करके महाराज उठने ही वाले थे कि एक व्यक्ति भागते-भागते राजसभा में पहुँचा। महाराज को देख उसने फौरन अपनी समस्या को युधिष्ठिर के समक्ष रख दिया।

महाराज थक चुके थे, समस्या सुनकर वह उठ गए। उन्होंने उस व्यक्ति से नम्रतापूर्वक कहा कि वह इसका फैसला अगले दिन करेंगे और चल दिए।

महाराज को जाते देख राजसभा के बाकी सदस्य भी उठकर जाने लगे। लेकिन भीम वहीं राजसभा में जोर-जोर से नाचने लगा। भीम को ऐसा करते देख सब लोग हैरान हो गए। सभी सोच रहे थे कि एकाएक भीम को यह क्या हो गया। भीम को नाचते हुए जब काफी समय हो गया, तो सभी ने महाराज से भीम के ऐसा करने का कारण पूछा। महाराज को भी इसका कारण पता नहीं था। उन्होंने भीम को अपने पास बुलाया और इस तरह नाचने का कारण पूछा।

भीम ने महाराज को उत्तर दिया, ''महाराज सभा में उपस्थित सभी लोग आपके तेज को जानते हैं। अगर आप चाहें तो अपने धर्म के बल पर अपना रथ जमीन से एक हाथ ऊपर उठाकर हवा में चला सकते हैं, इसलिए आपको धर्मराज कहा गया है। पर आपने मृत्यु पर भी विजय प्राप्त कर ली है, यह मैं नहीं जानता था। मृत्यु ही एक ऐसी चीज है, जिसका कोई ठिकाना नहीं है। न जाने कब, कैसे और किसे अपने साथ ले जाए। किन्तु अभी आपने उस

आदमी से कहा कि उसकी समस्या का समाधान कल करेंगे। इसका मतलब हुआ कि आपको यह तो निश्चित रूप से पता है कि आप कल तक तो जीवित रहेंगे ही। हम में से किसी को भी अगले क्षण क्या होगा, इसका ज्ञान नहीं है। क्या इसका मतलब नहीं कि आपने मृत्यु पर विजय प्राप्त कर ली है? मेरे बड़े भाई ने मृत्यु को भी जीत लिया है, यह जानकर मैं खुशी से नाच रहा हूँ।

भीम की बातें सुनकर महाराज का सिर शर्म से झुक गया। उन्होंने वहीं सबके सामने प्रतिज्ञा की कि वह आगे से कोई कार्य अगले दिन के लिए नहीं छोड़ेंगे।

ईश्वर की शरण

महाभारत का युद्ध समाप्त हो चुका था। पाँचों पाण्डव अपनी पत्नी द्रौपदी और श्रीकृष्ण के साथ महल में बैठकर विचार कर रहे थे। बातों-बातों में द्रौपदी अपने सखा श्रीकृष्ण से रूठ गई और उनसे पूछने लगी, "जब कौरवों की भरी सभा में मेरी बेइज्जती हो रही थी, तो उस समय आपने आकर मेरी रक्षा क्यों नहीं की?"

श्रीकृष्ण ने भी मुस्कुराते हुए पूछा, "सखी! आखिर उस दिन तुम्हें बचाया किसने? तुम याद करो उस दिन जब दुःशासन तुम्हारे बालों को पकड़कर खींच कर भरी सभा में लाया, तुमने सबसे पहले अपने बड़ों यानी महाराज धृतराष्ट्र, पितामह भीष्म, गुरु द्रोण से सहायता माँगी। जब इन लोगों से तुम्हें कोई सहायता नहीं मिली, तब तुमने सभा में उपस्थित अन्य सभासदों से मदद माँगी। इनसे भी जब तुम्हें कोई सहायता नहीं मिली, तब तुमने अपनी बुद्धि का सहारा लेकर कौरवों को निरुत्तर करना चाहा। जब इससे भी कोई हल न निकलता दिखाई दिया, तब हार कर अंत में तुमने मुझे पुकारा।

"मैं तो दूर बैठा सब कुछ देखकर छटपटा रहा था कि कब सखी मुझे पुकारे और कब मैं उसकी रक्षा के लिए उसके पास पहुँचूँ। तुम्हारे याद करने भर की देरी थी कि मैंने तुम्हारे पास पहुँचकर तुम्हारी रक्षा की। सच तो यह है कि दुनिया में कहाँ क्या हो रहा है, मुझे सब पता रहता है। परन्तु मनुष्य समझता रहता है कि वह सब काम अपने आप कर सकता है, मैं भी सबको अवसर देता हूँ, इसीलिए बिना बुलाए मैं कहीं नहीं जाता। जब कोई भी मुझ पर विश्वास कर सच्चे मन से मुझे याद करता है, तब मैं उसके पास पहुँचने में पल भी देरी नहीं करता।"

अन्तिम साथी

महाभारत युद्ध के बाद युधिष्ठिर हस्तिनापुर के राजा बने थे। वह एक आदर्श राजा सिद्ध हुए। राज्य में सभी अपने राजा से बहुत खुश थे। युधिष्ठिर को राज्य संभलवा कर महाराज धृतराष्ट्र अपनी पत्नी गांधारी और पांडवों की माता कुन्ती के साथ हिमालय पर चले गए थे। कई वर्षों बाद एक दिन नारद मुनि युधिष्ठिर के पास एक दुःखद समाचार लेकर आए। नारद मुनि ने बताया कि हिमालय के एक वन में आग लगने से उनकी माता कुन्ती और महाराज ध ृतराष्ट्र, महारानी गांधारी जल कर भस्म हो गए हैं। इस खबर से सारे पांडव शोक में डूबे हुए थे। इतने में उन्हें एक और दुःखद समाचार मिला कि श्री कृष्ण की भी मृत्यु हो गई है।

इन समाचारों को सुनकर युधिष्ठिर का मन सांसारिक कामों से बिल्कुल हट गया और उन्होंने संसार छोड़ने का निश्चय कर लिया। बड़े भाई को सब छोड़ते देख सारे पांडव और उनकी पत्नी द्रौपदी भी संसार छोड़ने को तैयार हो गयी। युधिष्ठिर ने अपना राज्य अभिमन्यु के बेटे परीक्षित को सौंप दिया और भाइयों तथा पत्नी के साथ हस्तिनापुर छोड़ दिया।

सारे नगरवासी अपने प्रिय राजा को नगर सीमा तक छोड़ने आए। इसी भीड़ में एक कुत्ता भी उनके साथ पीछे-पीछे चलने लगा। चलते-चलते उन्होंने अनेक जंगल पार किए। एक पर्वत पर जब वह चढ़ रहे थे, तब अचानक द्रौपदी का पैर फिसल गया और वह नीचे खाई में गिर गई। भीम ने अपने बड़े भाई से द्रौपदी के गिरने का कारण पूछा। युधिष्ठिर ने कहा, "वह हमारे साथ सदेह स्वर्ग नहीं जा सकती, क्योंकि वह हमेशा अर्जुन से पक्षपात करती थी, उसी को सबसे ज्यादा चाहती थी।"

थोड़ी देर बाद सहदेव गिर पड़ा, इस पर युधिष्ठिर ने जवाब दिया कि वह

विनम्र नहीं था, इसलिए गिर गया, फिर नकुल गिरा क्योंकि उसे अपनी सुंदरता पर घमण्ड था। फिर अर्जुन गिरे। अर्जुन के गिरने का कारण युधिष्ठिर ने बताया कि उसे अपने शौर्य पर बहुत घमंड होने लगा था। फिर भीम गिरने लगे, तब युधिष्ठिर ने कहा कि तुम बहुत लालची थे और हमेशा खाते रहते थे, इसलिए तुम भी सदेह स्वर्ग नहीं जा सकते। अब सिर्फ युधिष्ठिर अकेले रह गए थे और उनके साथ था वह कुत्ता जो हस्तिनापुर से उनके साथ चल रहा था। थोड़ी दूर चलने पर उन्हें आकाश मार्ग से एक रथ उनके पास आता दिखाई दिया। स्वर्ग के राजा इन्द्र स्वयं युधिष्ठिर को सदेह स्वर्ग में ले जाने के लिए अपना रथ लेकर आये थे।

पास आकर इन्द्र ने युधिष्ठिर को साथ चलने को कहा। पर युधिष्ठिर ने कहा कि अपने भाइयों और पत्नी बगैर उन्हें स्वर्ग जाने की कोई इच्छा नहीं है। तब इन्द्र ने उन्हें बताया कि वह भी स्वर्ग पहुँचेंगे, पर अपनी देह के साथ नहीं। हर समय धर्म का आचरण करने के कारण सिर्फ युधिष्ठिर ही सदेह स्वर्ग जा पायेंगे। उनकी बात सुनकर युधिष्ठिर इन्द्र के साथ चलने को तैयार हो गए,

पर उनकी एक शर्त थी कि उनके साथ वह कुत्ता भी चलेगा।

इन्द्र ने युधिष्ठिर को समझाया कि स्वर्ग में पशुओं के लिए कोई जगह नहीं है। पर युधिष्ठिर कुत्ते को छोड़ने के लिए तैयार नहीं थे। इन्द्र ने उन्हें बहुत समझाया कि आखिर तुमने अपने भाइयों और पत्नी को भी छोड़ दिया। युधिष्ठिर ने जवाब दिया कि वह सब तो मर गए, पर यह तो जीवित है और इतनी दूर से मेरे साथ चल रहा है, मैं इसे नहीं छोड़ सकता। युधिष्ठिर का इतना कहना था कि कुत्ते की जगह स्वयं यमराज वहाँ प्रकट हो गए। असल में यमराज ही अपने बेटे की परीक्षा ले रहे थे। यमराज ने कहा, ''बेटा तुम सभी प्राणियों के प्रति दया रखते हो, इसलिए केवल तुम सशरीर स्वर्ग में प्रवेश कर सकते हो।'' यह कहकर यमराज अपनी नगरी चले गए और इन्द्र युधिष्ठिर को अपने रथ पर बैठाकर स्वर्ग की ओर चल पड़े। और इस प्रकार महाभारत की कथा पूर्ण हुई।

प्रश्नोत्तरी

1. महाभारत के रचनाकार कौन थे?

   (अ) श्रीकृष्ण — (ब) गणेश जी

   (स) वेद व्यास — (द) अर्जुन

2. महाभारत अपनी कलम से किसने लिखा है?

   (अ) गणेश जी ने — (ब) वेद व्यास ने

   (स) अर्जुन ने — (द) अभिमन्यु ने

3. भीष्म पितामह की माता का क्या नाम था?

   (अ) कुंती — (ब) गंगा

   (स) भामती — (द) कैकेयी

4. द्रौपदी के पिता का क्या नाम था?

   (अ) द्रुपद — (ब) अर्जुन

   (स) दमयंता — (द) जयद्रथ

5. द्रोण के सबसे योग्य शिष्य कौन थे?

   (अ) अर्जुन — (ब) भीम

   (स) एकलव्य — (द) भीष्म

6. धृतराष्ट्र के ज्येष्ठ पुत्र थे?

(अ) श्रीकृष्ण | (ब) दुर्योधन
(स) वेद व्यास | (द) अर्जुन

7. इनमें सबसे शक्तिशाली कौन था?

(अ) भीम | (ब) वेद व्यास
(स) अर्जुन | (द) अभिमन्यु

8. विदुर कौन थे?

(अ) महामंत्री | (ब) राजा
(स) दास | (द) भिखारी

9. पांडवों के वनवास की अवधि क्या थी?

(अ) 12 साल | (ब) 2 साल
(स) 1 साल | (द) 5 साल

10. अभिमन्यु पर कितने महारथियों ने प्रहार किया?

(अ) 6 ने | (ब) 4 ने
(स) 9 ने | (द) 5 ने

उत्तर : 1. (स), 2. (अ), 3. (ब), 4. (अ), 5. (अ), 6. (ब), 7. (अ), 8. (अ), 9. (अ), 10. (अ)